集英社文庫

ショートソング

枡野浩一

集英社版

ショートソング

目次

ショートソング

本文デザイン／篠田直樹（bright light）

しろたへの第一章

CHERRY BOY 1

舞子先輩が好きだ……

「だめよ、そんな服じゃ」

……「ごめん」も「待った？」もなく、いきなり舞子先輩は言った。小雨の降る寒い寒い吉祥寺駅、サーティワンの前で二十五分も待っていた僕に。

　言われて、自分の服を見てみる。ユニクロのフリースによれよれのダッフルコート。弁解するわけじゃないけど、これが僕の家にある一番まともな服だ。初デートの第一声で服のセンスを指摘されちゃうなんて、男として最低だ……。ああ、嫌われちゃっただろうか。

「すいません……」

「きょうはクリスマス・イブなのよ、まったく」

　ため息と共にふくらんだ舞子先輩のちっちゃな鼻はとてもかわいい。須之内舞子……大学で僕と同じ研究室の、二個上の先輩。明るくてさばさばしていて面倒見がよくて頭が切れて酒豪で顔が小さくてパンツスーツがよく似合って、一言で言えば、僕のど真ん中のタイプ。

　そして当然のようにモテる。

　そんな舞子先輩が僕をデートに誘ってくれたなんて、これはミラクルな奇跡だ。言葉を無駄に重ねてしまうくらいミラクルな奇跡。クリスマスの神様のいたずらだろうか。

僕が返す言葉に迷っていると、舞子先輩はそんな僕にまた、いらっときたようだった。

「もういいわ」

あきらめたように言う。

「仕方ないので今からわたしたちは買い物をします」

なぜか、ですます調だった。

＊

「国友くんはもっと自分に自信を持たなきゃだめなのよ」

舞子先輩は、たしかにおしゃれだけど僕のひと月分の食費を大きく超える衝撃的な値札がついたジャケットを、ものすごい手際のよさで次々と手にとっていった。目は完全にジャケットのほうに向いていて、僕にはちらりともしない。その真剣さはまるで、子供に似合う服を探しているお母さんだ。

「自信、ですか……」

僕はまたうつむく。

「自信っていうのは、何かとりえがある人が持つもんなんじゃないですかね」

「あら、君にだって、いいところはいっぱいあるじゃない？」

「たとえば、どこ、っすか？」

「顔よ」

……即答。

「そんなコカ・コーラのCMに出てそうな顔して……。国友くんて、ハーフなんでしょ？」

そう。僕の母はカナダ人だ。仕事の関係で海外に滞在することの多い父が、当時現地の職場で上司だった母に一目ぼれして告白したらしい。僕が舞子先輩みたいな年上の頼れる女性にあこがれてしまうのは、絶対に父からの遺伝なんだと思う。

「でも、白人顔だからって、いいことなんかないですよ。顔で英語が話せるわけじゃないし」

「え、君……その顔で英語、話せないの？」

「ええ」

ああそうさ、みんなそれを聞くと失望するよ。

「素材はいいのに……」

ジャケットを品定めしつつ、舞子先輩は冷たくつぶやいた。それが服の話なのか、僕のことを言ってるのかは、怖くて聞き返せなかった。

PLAYBOY 2

舞子の部屋で……

イブは名古屋で人妻と浮気していたので、俺が東京に戻って須之内舞子とデートしたのはクリスマス当日だった。

メガネがズレてきたのを直しつつ、舞子の部屋で体位を変えようとしていたら、ベッドの枕元に置いた携帯から「君が代」のメロディが鳴り始めた。携帯の着信音を「君が代」にしていることに、それほど深い意味はない。「君が代」はもともと短歌なので、短歌を愛する俺にふさわしい選択だと思っただけだ。公衆電話から。……だれだろう？

「はい、伊賀ですが」

セックスの最中で、少なからず申しわけないとは思ったが電話には出てみた。申しわけないのは舞子に……ではなくて、電話の向こうの人に。

「伊賀さん！　わたしからの電話、出ないようにしてるでしょ！　来週、新年の歌会ですからね！　絶対サボらないでくださいよ！　もう！　先月も先々月もドタキャンして！」

あー。めんどくせえ電話だった。短歌結社「ばれん」の幹部、佐々木瞳からだ。

キンキンした声で俺の最近のサボりぶりを非難しまくる瞳の声を聞きながら、ゆっくりと腰を動かす。短歌結社、というのは、べつに秘密結社みたいなものではない。歌人……すなわち短歌をつくる者は、たいてい短歌結社に所属している。定期的に開催される歌会で新作を発表したり、その活動内容は地味なものだ。

「はいはい、わかりましたよ。今ちょっとセックスしてるところなんで、切りますねー」

俺は正直に報告しただけなのに、瞳は怒って俺より先に電話を切ってしまった。

瞳とも一瞬つきあったことがある。わりと美人なのだが三日で飽きた。

舞子とは、これでも続いているほうだ。ほかの女と寝たことを報告しても、少しも動じない図太さがいい。あと、とても感じやすくて、ボタンを押せば沸騰する湯わかしポットのように、わかりやすく、いってくれるのも嬉しい。努力したぶんだけ成果が出ることなんて、二十五歳にもなると、ほとんどなくなってしまうものだ。

舞子が背をそらす。きゃしゃな腰にまわしていた俺の両方のてのひらに、さーっと舞子からの汗が伝わる。俺も満足して、果てた。

それなりに心苦しい　君からの電話をとらず変える体位は　　——伊賀寛介

舞子の隣で脱力していたら、ふいに短歌の新作が一首、頭の中に生まれる。俺のセックスは、子供が生まれないかわりに、短歌が生まれていく創作活動の一環だ。

俺は舞子に感謝のキスをして、しばらくすると眠りに落ちた。なんだか舞子の横顔がやけにさびしそうだったな……と思い返したのは、もっとあとになってからだった。

CHERRY BOY
3

僕の名はおちんちん……

僕は童貞だ。「えーっ、モテそうなのに……」と言ってくれる女の子もたまにいるけれど。だからといってその女の子が、僕の相手をしてくれたことは、ない。「おまえ顔いいのに、なんでそんなに自信ないんだ？」って、男の友達にも言われる。それは僕が日本で生まれたあと、イタリアで少年時代を過ごしたことと関係があるのだ。

イタリア語で「カツオ」は男性器のことであり、両親はもちろんイタリア語を知らずに「克夫」という名前を僕につけた。カツオ、カツオと名前を呼ばれるたび、イタリア人にいじめられていた少年時代の記憶がよみがえって泣きそうになる。

＊

元日の午後一時。

クリスマスプレゼントとして舞子先輩に買ってもらった洋服一式を着て、待ち合わせ場所のサーティワン前に着くと、僕がプレゼントした（させられた？）古着のコートを着た舞子先輩が、すでに立っていた。

「おお、いける、いける」

僕の頭から靴まで、とっぷりと視線を注いで舞子先輩は、にやける。

「なかなか！」

「……どうも」

「はい。じゃあ、腕」

「え？」

舞子先輩は、僕の腕に、自分の腕をかける。

「当たり前じゃない！」

当たり前……だってさ。ぐふふ。

もしかして、舞子先輩こそが僕の童貞を……。もしかして、こういう才媛は、僕みたいな要領の悪い男がタイプだったりするのか。もしかして……。

僕の腕に力強くからむ舞子先輩の腕から、なんだか、ゆずみたいないい匂いがする。国友克夫十九年の長い氷河期に終わりを知らせる、春の匂いなのだ、きっと。

ありがとう舞子先輩！　ありがとう神様！　……そう心の中で叫んで歩いた。ショーウィンドウにうつった自分の顔が、ものすごく真っ赤だった。

それから僕らは吉祥寺の街をずんずんと歩いた。正確に言えば歩いていたのは舞子先輩で、僕はゴルフバッグのように引きずられていただけだ。それでも、幸せだった。春だもの。

高架線に隣接した古い古いビルの、木の階段を一段ずつのぼる。一階の花屋、二階のカフェ、三階の雑貨屋、四階の美容院……僕の人生にほとんど縁がなかったような、一見ボロだけど、じつはおしゃれであるというような店ばかりが並んでいる。階段の入口には「五百田ビルヂング」とあった。……ごひゃくだ？
五階にたどりついたとき、舞子先輩の表情が少し緊張したみたいな気がした。重そうな鉄のドアがある踊り場に、ふたり並んで立つ。

「あんまり、デートっぽくない場所っすね」

「デート？」

低い声。眉間にしわ。

「だれがデートって言った？」

「えっ……」

ああ神様、どうか僕のいやな予感がまちがいでありますように。

「……じゃあ僕たち、これから何をするんですか？」

「決まってるでしょ」

舞子先輩は、きっぱり、言った。

「歌会よ」

「うた…かい？」

「そ。短歌のサークルみたいなものかな。言ってなかった？」

……タンカ!?　ウタカイって、な、なに??

PLAYBOY 4

カフェで更紗と……

元日の吉祥寺は人がいっぱいだった。駅から徒歩五分。しかし意外と人通りの少ない場所に五百田ビルヂングはある。

俺の所属結社「ばれん」を率いる歌人、五百田案山子の名はイオタ・カカシと読む。子がつくけれども戸籍上は男だ。案山子の父親もまた歌人で、息子に歌人らしい名前を授けたのも道理だが、この名前のせいで先生は性別を超越した存在になってしまったのでは……と陰口を叩く歌人もいる。

案山子が父親から相続した五百田ビルヂングは年季が入りまくりで、そこが「レトロでおしゃれな隠れ家的スポット」になっているのは、ひとえに案山子のセンスのたまものだ。鉄筋五階建て。階段は今にも朽ち果てそうな木で窓やドアは重たい鉄製。フローリングよりも「板の間」と呼ぶのがふさわしい床。

一階の花屋、二階のカフェ、三階の雑貨屋、四階の美容院……どの店も古びた家具や雑貨が絶妙な配置で並べられ、退廃的に洗練されている。案山子が認めたテナントしかいれないので、自然と美意識の高い店が集まってきたという。元日だというのに、雑貨屋以外はすべて営業中だった。

五階が案山子の住居で、案山子は若いころからビルの管理人をしながら、歌だけに身を捧げてきた。小さな広告制作会社でグラフィックデザインをやって細々と食っている俺なんかとは、そもそもの土台がちがうのだ。

五階の住居は生活感がまったくない広々としたサロンふうの空間に仕上げてあり、歌会もそこでひらかれることが多い。

あー。めんどくせ。

俺は五階まで階段をのぼる気がしなくて、二階のカフェで熱い加賀棒茶を飲んでいる。五階では今ごろ皆が歌会の準備をしていることだろう。

「あの、い、……伊賀寛介さんですよね？」

ドアをあけて入ってきた若い女が俺の名をフルネームで呼んだ。からだが小刻みに震えている。

無言でうなずく俺。

こんなシチュエーションには慣れている。狭い文壇より狭い歌壇の中で、俺は有名人なのだ。どうせファンだとか言いだすんだろ？

「ファンなんです！」

……ほら、きた。

「わたし、荒木更紗です」

あらき…さらさ？　あ。知ってる。三年ほど前に「女子高生歌人」として注目を集めた沖縄在住の新鋭歌人。そういえば短歌専門誌で、俺のファンだと言っているのを見た覚えもある。今、ハタチくらいか？

「きょうは沖縄から来たんです。伊賀さん、ここにいると思うって、師匠がおっしゃってたから……」

よく顔を見ると、写真で見るより可愛い。おどおどした態度が俺のサド心をくすぐる。

「あ、あの……、握手してください！」

荒木更紗が右手を出したので、俺は立ち上がる。ふるえる更紗の手をぎゅっと握ったあと、その手に口づけしたくなったので、した。みるみる真っ赤になっていく更紗の顔を見ていたら、がまんできなくなって、その場でほっぺにも、ちゅーをしてしまった。

でも、そこで終わりにしておいた。いいかげん歌会に、顔を出さないと……。

CHERRY BOY

5

舞子先輩ここは……

ぎぎぎぎ、と音をたてて重い鉄のドアをあけると、そこは意外にも広々とした部屋だった。「ここは今人気のカフェです」と言われたら、信じてしまうくらいの雰囲気だ。僕は日本のカフェ、怖くてまだ行ったことがないんだけど……。

不ぞろいの椅子と不ぞろいのテーブル。若い男女がまちまちにすわって、鉛筆を手になにやら悩んでいる。テーブルには湯気をたてた紅茶と小皿に分けられたクッキーが並んでいて、……やっぱりカフェみたいだ。

舞子先輩は男なのか女なのか一見わからない、不思議な迫力を持った年輩の人に会釈してから、あいている席にすわった。金色に染めた長髪が神々しいオーラを放っているあの人は、新しい宗教の教祖様か何かだろうか……。

舞子先輩はすぐに、周りの人と同じように白い紙に何かを書き始めた。

「あの……」

張りつめた空気の中、僕は言った。

「僕、ここで、何してればいいすか？」

にらむ舞子先輩。

「決まってるでしょ、つくるのよ、短歌」

「無理っすよ！」

「テーマはあれ」

舞子先輩は黒板をさした。毛筆で「笑」と書かれた半紙が貼ってある。

「『笑』をよみこんで短歌をつくるの。言葉の音数が五七五七七になってれば短歌。わかった？」

「はあ……」

どうしたものかと思ったが、結局、僕もつくることにした。

「舞子先輩、季語は、どうすればいいんすか？」

「ばかね、季語が必要なのは俳句！」

「あ、そうでしたか。俳句と川柳って、どうちがうんすかねえ？」

「ばか、今は短歌のことだけ考えてればいいの！」

声をひそめてはいるものの会話しているのは僕らだけで、皆、物音ひとつ立てずに鉛筆を走らせている。

向かいの席にいる、メガネをかけた背の高い男が、舞子先輩のことをちらちら見ている。

天井と舞子先輩とを見くらべるように。

よく観察していると、舞子先輩も彼の視線を明らかに意識していた。

「舞子……」

呼び捨てで、メガネ男は言った。

「……そいつ、だれ？」

「だれでもいいでしょ……」

なんだかちょっぴり、得意げな表情。

「どうしても、ついてきたい、って言うから……」

…………。僕はよく、友達から「天然ボケ」って笑われるんだけれど、そんなボケた僕だって、舞子先輩が何をしたいのかは、なんとなくわかってしまった。

たぶんメガネ男は、舞子先輩の恋人か、好きな男か……だ。それで、こいつに嫉妬心を起こさせようと、僕をここに連れてきたんじゃないか？　きっと、僕の中身ではなく、僕の外見が必要だったんだ。だから、洋服も、買ってくれたんだ……。

僕は鉛筆を持ったまま、とてつもなく落ち込んでいく自分の気持ちを、くっきりと自覚した。でもその反面、自分の顔なんかが舞子先輩の役に立つのなら、いくらでも利用してくれればいい……そう思った。

PLAYBOY 6

ホテルで更紗と……

目がさめたら吉祥寺で第三位ランクのラブホテルにいて、隣にいるのは沖縄から来たハタチの歌人……荒木更紗だった。

元日歌会のあとの飲み会を抜け出して、ふたりきりで飲みにいったのは覚えている。

「おはよう……ございます」

更紗はとっくに起きていたみたいで、俺はバツが悪かった。何を話したらいいのかわからない。

っていうか、ゆうべ何を話したんだっけ？

「俺、何か言ってた？　よく寝言とか、言うらしいんだよね……」

更紗が素早くいれてくれたブラックのインスタントコーヒーを受け取る。

「寝言は言ってませんでしたけど、きのうは国友克夫くんのことばかり言ってました」

「くにとも……ああ、ハーフの！」

思いだした。舞子が連れてきた顔のきれいな大学生、国友克夫。短歌をつくるのなんて初めてと言っていたけれど、それが信じられないくらい作品がよかった。

顔面の筋肉だけで笑うのは　マジ怖いのでやめてください

嬉し泣きしている人の泣き顔は　笑顔と言って良いと思った

新宿の手相を見ている人たちは昼間笑っているのだろうか？

向こうから歩いてきてる人たちの笑顔のわけが良くわからない

焼きたてのパンを5月の日だまりの中で食べてるようなほほえみ　　　――国友克夫

歌会で提出した短歌は、その場でパソコン入力され、作者名を伏せたプリントとして皆に配られる。皆で感想をさんざん語り合ってから、最後に作者名を明かすのである。本当はひとり三首提出なのだが、初参加の国友克夫はまちがえて五首提出していた。その五首ともが突出して目立っていたので、すべての歌の作者が国友克夫だとわかったときは衝撃を受けた。

本来なら「よく」と書いたほうがいい単語を「良く」と書いていたところなど、やや素人臭い癖もあるが、一度読んだだけで暗記してしまうくらい、まったく傷のない言葉の並べ方。人々に対する洞察力が鋭く、とりわけパンの歌のような人柄のよさは、狙って出せるものではない。

しかし短歌結社「ばれん」の馬鹿どもは、国友克夫のすごさに気づかなかった。俺が最初に絶賛し、すかさず荒木更紗が追随した。作者名が明かされたあとも議論は続いたが、最後に師匠の五百田案山子がツルの一声のように、

「国友克夫くんの歌は、とても素敵だと思うわ、あたしも」

と言った。

歌会後、国友克夫が近づいてきて言った。

「あの……あ、ありがとうございました！」

はっとするほど美男子で文才もあるのに、なぜこんなにも自信なさげなのだろうと不思議だった。不思議を通り越して、憎らしいくらいだった。

CHERRY BOY 7

会いたいよ舞子先輩……

たいして用もないのに大学に行き、たいして用がないからすぐ帰る。そんな冬休みを何日か過ごした。

あの日以降、舞子先輩からの連絡はぷっつりとなくなった。舞子先輩は前は冬休み中も、わりとまめに研究室に来ていたのに。

電話してみようと、携帯を手に取る。

……あ。番号、知らない。よく考えたら、メールアドレスさえ聞いてなかった。

あの日をさかいに、なんだか以前にも増して運が悪くなった気がする。

きょうだってそうだ。大学に行こうとしたら定期が切れていて自動改札で引っかかった。切符を買おうとしたらポケットには五十五円しか入っていない。財布はいつものようにからっぽ。部屋に帰って妹に金を借りる手もあったけど、それも面倒だった。仕方ない、大学までサイクリングでもしようかとペダルをこいでいたら、ちょうど半分ぐらいの地点で、自転車がパンク。

……なんてこった。

自転車を押してとぼとぼと大学へ向かう道、いろんなことを考えた。舞子先輩のことや、

「歌会」のときのことなんかを。

＊

歌会の最中、僕はじっとうつむいて、何もしゃべらなかった。出された短歌が、僕にはまるで意味のわからないものばかりだったからだ。それでもみんなはすごい剣幕で激論していて、なんだかおかしかった。まるでNHKの「真剣10代しゃべり場」だ。

僕の短歌は、あんのじょう、参加者たちからボロクソに言われた。シロウトくさいとか、当たり前のことを当たり前に歌っているだけだ、とか。……当たり前だ。舞子さんに言われるままに、生まれて初めてつくったんだから。「チョコレート」は六文字だけど五音と数えるのだと、教わりながら指折り数えてつくったのだ。

でも、伊賀寛介……あのメガネ男だけが、なぜか僕の短歌を評価してくれた。そして、僕が唯一面白いと思った短歌も、その伊賀さんがつくったものだった。

それなりに心苦しい　君からの電話をとらず変える体位は　　――伊賀寛介

「笑」という言葉を短歌の中にいれる、というのがあの日の歌会のルールだったのに、伊賀さんのこの歌には「笑」が入っていない。そういうの、なんかすごく、かっこいい。

この短歌が朗読された瞬間、わかりやすくて面白くて、僕は思わず吹き出した。それがいけなかったのか、司会の女の人が僕のほうをにらんで、言った。

「何か意見があるなら、どうぞ」

……やばい。さされた。

僕はどぎまぎしながら答えた。

「この歌は……あの、ほんとうに面白いと思います。短い言葉なのに、主人公の置かれている状況とかが、ちゃんと伝わってくるし。この人、ひどい男だけれど、自分のひどさを他人事のように観察していて……。哀れな感じがあるっていうか……。僕はまだ一度も女性とつきあったことがないから、この短歌みたいな経験は全然ないんですけど、まるで自分で経験したみたいに、この気持ちが実感できました」

そうだ。僕がそう発言してすぐに、舞子先輩は歌会の部屋を飛び出していったんだった。

「気分が悪くなったので、きょうは失礼します」

そう早口でつぶやきながら。

追いかけなきゃ！　……そう思ったとたん、参加者が口々に僕の意見に反論を始め、その「しゃべり場」状態に巻きこまれた僕は、追いかけるタイミングを失ってしまっていた。

PLAYBOY 8

更紗からのメール……

俺には色彩のセンスがない。そのことを自覚しているから、色で勝負するようなデザインはしないと決めている。

かわりに文字組みのセンスは、日本ではトップクラスだという自信がある。書体選び、余白のバランス……俺くらい「わかってるデザイナー」は珍しい。

ほんとうのことを言うと、グラフィックデザイナーなんていう横文字の肩書ではなく、活字を組む職人になったほうが幸せだったのかもしれない。短歌などという、いまどきだれも見向きもしない文芸に足をつっこんでしまったのは、そういう「無理してる自分」を本来の場所に戻そうとする悪あがきなのではないか……時々そんなことを考える。

新年最初の週は急ぎの仕事がなかったので、歌集のブックデザインをひとつ片づけた。ふだんは広告のデザインをもっぱらやっているのだけれど、歌人関係者からブックデザインを頼まれることがけっこうある。そういう仕事はあまりいいギャラをとれないが、会社はまあ黙認してくれている。

歌集のデザインをやっているから、歌壇には今もなんとなく「伊賀寛介」の居場所があるのだろう。もう自分が天才歌人ではないということは、本人が一番よくわかっているのだ。

石川啄木短歌大賞を受賞したハタチのころが、歌人としてのピークだった。俺だけではなく、歌人というのはほぼ例外なく、短歌を始めたころが最大級に輝いていて、あとはその輝きの残像を追い求めていくしかない、そういう存在なのだ。

……パソコンで単純作業をこなしながら、そんな物思いにふけってしまったのも、沖縄にいる荒木更紗からのメールを読んだせいだ。彼女は思ったより頭のいい歌人だった。


〈伊賀寛介様、荒木更紗です。

元日の歌会ではお世話になりました。

「ばれん」の歌会は、短歌を点数で評価しないのが素敵ですね。さすが五百田案山子先生です。

　わたしは伊賀さんがハタチのころにつくった、

　　無理してる自分の無理も自分だと思う自分も無理する自分

という一首に衝撃を受けて短歌を始めました。自分の作風は似ても似つかないですが、それは伊賀寛介と同じことをやっても、永遠に伊賀寛介は超えられないだろうと思っているからです。

伊賀さんがあの晩ホテルで、国友克夫さんのことばかり話すのを見て、わたしは国友さんに嫉妬してしまいました。初めて詠んだ歌が伊賀寛介の目にとまるなんて、うらやましすぎます。いいなー。

それにしても伊賀さんはあの日、歌会の途中で帰ってしまった須之内舞子さんのことを、まるで気にとめていないようでした。国友さんのことは、あんなに気にしてたのに……。飲みに誘っていただいたとき、わたしがホテルまでついていったのは、伊賀さんの心にはすでに、須之内さんはいないのかもしれないと感じたからです。

いつか、わたしの歌が、伊賀さんの心に届く日もあるんでしょうか。

だれからも愛されないということの自由気ままを誇りつつ咲け　——荒木更紗

遠い沖縄の地から、いつも伊賀さんのことを思っています。かしこ。〉

CHERRY BOY 9

舞子先輩とバッタリ……

……舞子先輩に会いたい。

パンクした自転車を引きずりながら考えていたことは、それだけだった。

あの日、僕が歌会で伊賀さんの歌をほめたとたん、舞子先輩は顔色を変えて部屋を出て行ってしまった。そしてその日から、先輩と連絡がとれなくなってしまって……。なぜだろう？

僕、何かまずいこと言っただろうか？　伊賀さんの歌、ほめたら、まずかったんだろうか？

ああ、先輩に会って、いったい僕の何がいけなかったのか聞いて、謝りたい……。

いつのまにか、吉祥寺あたりに来ていた。平日の午前中、このへんに来たのは初めてだ。

駅から少し離れた五日市街道沿い。

歩道を歩きながら、ふと花屋の二階を見上げると、大きな窓のあるカフェの窓際に女の人がいた。窓に書いてある横文字は……喫茶「ダーチャ」と読むのかな？

女の人は、舞子先輩によく似た、さらさらのショートヘアだ。先輩のことを思って歩いているから、どんな人も先輩に見えてしまう……。

と思ったとき、女の人が、窓の外を見た。ああああっ!!

それはなんと、本物の舞子先輩だった。そして、先輩は、てのひらで目をおおった。……

な、泣いてる？

「舞子先輩！」

階段をのぼって店内に駆けこんだ僕は、一番奥の、窓際の席にまっすぐ向かった。

「あ！　国友くん……」

目のあたりを紙ナプキンでさっと拭いて、舞子先輩は僕に向かってほほえんでみせた。

「あ、あの。ごめんなさい！」

「なに？」

「僕、なんか先輩を怒らせるようなこと言っちゃったみたいで、それで、それで……」

「ああ」

舞子先輩がイスをすすめてくれたので、僕もすわった。

「あれは、わたしが悪かったの」

「……え？」

「国友くん、自分は童貞なんです、って言ったじゃない？」

「そんなこと言ってませんよ！　……あ。女の人とつきあったことが全然ないって、言ったかもしれません」

「……ごめんね。わたし、君とつきあってるふりをしたかったの。それも、深い関係のつきあい……」

あ、そうか。そうだったのか。舞子先輩は、伊賀さんに見せつけたくて、僕を「彼氏」みたいにあの場に連れて行ったんだ。なのに、僕があんなこと言ったら、思いっきり嘘がばれるじゃないか。それも、歌会にいた全員に……。

「っていうかさ、わかってて、わざと言ったんじゃなかったの？」

あきれたように舞子先輩は僕を見て、それから少しだけ笑った。

「あ、ああ……すいません……」

「いいよ」

先輩は紅茶を一口すすった。なんか全体的に笑顔になっている。

「……国友くんらしいから」

僕も舞子先輩につられて、力なく笑った。

「国友くんの、そういうところ、わたし、好きよ」

……僕は、自分のこういうところ、大っ嫌いです……。

「国友くんの童貞、奪ってあげたいぐらい。これは嘘じゃなくて」

……舞子先輩が黙った。

「で、でも、舞子先輩は、あの伊賀さんって人と……つきあってるんですよね？」

「いいのよ」

舞子先輩は、きっぱり言った。

「たった今、彼にふられたところ」

えっ……。

PLAYBOY 10

さよなら舞子……

俺は喫茶「ダーチャ」のトイレから、出るに出られなくなってしまった。

いや、一度は出ようとしたのだが、歌会のときとは別人のようにダサい格好をした国友克夫が突然ものすごい勢いであらわれ、店の奥にある舞子の向かいの席にすわったので、思わずまたドアを閉めてしまった。

ドアに耳をくっつけると、ふたりの会話がボソボソと聞こえてくる。

「国友くんの童貞、奪ってあげたいぐらい。これは嘘じゃなくて」

えーっ、舞子……。おまえ、そんなこと言うような女だったー？

「で、でも、舞子先輩は、あの伊賀さんって人と……つきあってるんですよね？」

……なるほど。どうやら国友克夫のほうは舞子のことを、ほんとうに好きなんだな……。

「いいのよ」

舞子は声を張って言った。俺にわざと聞こえるように話しているのかもしれない。

「たった今、彼にふられたところ」

……それは事実だ。

荒木更紗からのメールを読んでいたら、俺は舞子と別れたくなった。舞子が悪いのではない。俺のこのいいかげんな生活を、いったん全部リセットしたくなっただけだ。

更紗を好きになったというのともちがう。更紗のようなファンが、納得するような短歌を今、自分はまったく詠んでいないんじゃないかと心底思ったのだ。

けれども、そんなことを話しても、舞子に納得してもらえるとは思えなかったから、ただ「別れたい」とだけ切り出した。舞子は何もきかず、

「ごめんなさい。あなたの気持ちを試すようなことして」

と言って、うつむいたのが、さっきだ。

それなのに、国友克夫の童貞を奪って、ハーフ顔の十九歳と毎晩やりまくりたいだと？　むらむらと怒りがこみ上げてくるのを感じた。サド心と言ってもいいくらいの黒い感情。不思議なことに、舞子だけでなく、国友克夫のこともゆるせなくなった。

おまえ、そんなかっこいい顔に生まれついたくせに、わざとダサい格好して、母性本能くすぐるなよ！　童貞ってことを、ひけらかすな！　ちょっとばかり短歌の才能があるからって、やや天才の傾向があるからって、いい気になるなよ……。

そうだ。国友克夫には才能がある。こんな才能ある若者の童貞……いや「貞節」を、舞子みたいな女に奪われてはならない。もしかしたら童貞を失ったら、短歌の才能も消えてしまうかもしれないじゃないか。それは損失だ。日本文化にとって由々しき事態だ。

論理が支離滅裂で、自分でも冷静さを失っているような気がしてならなかったが、気がついたときには、舞子と国友克夫のいる席の前に立っていた。

「やあ、国友克夫くん。悪いけど俺たちこれからデートなんだ。俺たちが愛し合ってるってことは、舞子から聞いて、もう知ってると思うけど……」

「え！」

「えーっ！」

舞子と国友克夫が、同時に声を出した。

CHERRY BOY

11

さよなら舞子先輩……

「ま、そういうことだから。せっかくだし、何か食って帰れよ」

タバコの煙を吐き出しながら、伊賀さんは僕にメニューを手渡した。隣では舞子先輩が、ちょっと困ったような、それでいて幸福そうな顔をして、伊賀さんの肩に寄り添っている。

「いや、いいっす」

僕は席を立とうとした。とてもじゃないけど、ごはんを食べる気分になんかなれない。

「食べてきなさいよ、国友くん。ここの、おいしいよ」

「おごるからさ」

伊賀さんの目がメガネの奥で、不敵な輝きをはなっている。恋がたきのはずなのに、この人、かっこいい……とか思ってしまった。

胸がいっぱいで食べられないかと思ったけれど、目の前にハヤシライスが出てくると意外と食欲が出てしまい、僕はもくもくと全部たいらげた。

「おまえ、短歌続けろよな。才能あるよ」

食後のコーヒーを飲みながら伊賀さんは、僕に想定外のことを言った。

「わたしたちの『ばれん』に入会したら？　学生は会費も安いし。……伊賀さんが他人をほめるなんて、とっても珍しいのよ」

舞子先輩は短歌の会について、熱く説明し始めた。宗教の勧誘みたいだったけれど、今の僕には宗教が必要なのかもしれない。

才能……。才能があるなんて言われたの、生まれて初めてだ。こんな状況でそう言われても、喜んでいいのか悲しんでいいのかわからない。舞子先輩と僕は携帯番号を教え合った。これも喜んでいいのか悲しんでいいのか……。

「あ、そうだ」

伊賀さんがかばんから本を一冊取り出した。真っ黒な表紙に銀色に光る文字で「伊賀寛介歌集　てくらがり」と書いてある。

「これ、おまえに貸すよ。俺がハタチのころに出した歌集。舞子に貸してたんだけど、きょう返ってきたから」

ぱっとページをめくったところに、こんな歌があった。

　　こんなにもふざけたきょうがある以上どんなあすでもありうるだろう

あー。まさに今、こんな感じ。

短歌って、年寄りが楽しむものだと思ってたけど、こんな、僕の気持ちにぴったりのやつもあるんだ……。

「短歌は、初心者のころのほうが楽しいんだ。つくればつくるほど、どんどん苦しくなる。苦しむくらい、とことん、やってみろよ。それが才能あるやつの努めなんだから」

伊賀さんは、舞子先輩の肩に腕をまわしながら力説した。

「歌会、来いよな。いろいろ教えてやるから」

「お願いします……」

僕は妙に素直に言っていた。短歌だけじゃなくて、舞子先輩に好かれるような、いい男になる方法を教わりたい……そう思った。

＊

次の日、僕はひとりで、吉祥寺に来てみた。雑誌に載っていた、紅茶専門店でお茶でも飲みながら、短歌を考えてみようと思った。

「ナローケーズ」という名前のその店はサーティワンの二階にあり、ガラス張りになっていて吉祥寺駅前の雑踏がよく見えた。メニューの中から、ちょっと珍しい「ごまミルクティー」というのを頼んでみた。

カウンター席からは、舞子先輩とクリスマス・イブに待ち合わせた、サーティワンの前のスペースが見える。そこに今も、幸せいっぱいの自分が立っているような気がしてならなかった。

ミラクルで奇跡みたいなミラクルで奇跡みたいな恋だったのに
一人きりサーティワンの横で泣き　ふるさとにする吉祥寺駅　　――国友克夫

短歌は次々と出来た。涙がこぼれ落ちるみたいに次々と……。

（しろたへの第一章　終）

みづどりの第二章

PLAYBOY 12

俺は国友を……

舞子とヨリを戻した日の翌日、珍しく、吉祥寺で人気ナンバー1のラブホテルに入ることができた。

舞子と久々にいろんな体位を試みながら、どうしても国友克夫のことが頭を離れなかった。気が散って、なかなか射精できない。そろそろ始めて二時間くらいになるし、舞子のほうはさっき満足したみたいだけど……。

今にも泣きだしそうな顔の国友克夫、気弱な笑い顔の国友克夫……。美しく整った顔が醜く崩れる瞬間は、なんて面白いんだろう。もっともっと国友克夫を苦しませたり喜ばせたりして、いろんな表情を見てみたい……そんな欲望がわき上がってきて、自分でも不可解だった。

射精しないし、短歌も生まれない。こんな不毛なセックスは久しぶりだ。

「あいつって、どこに住んでんの？　あのハーフ……」

舞子がいれてくれたインスタントコーヒーを飲みながら、なにげないふうを装って、きいてみる。

「阿佐ヶ谷とか言ってたかな。なんで？」

「いや、きのう自転車パンクしたとか言ってたし、あのあとちゃんと帰れたのかなと思ってさ……」

「伊賀さん、国友くんの歌を大絶賛してた……。わたし、作品をほめるときも、けなすときも、一生懸命で嘘を絶対言わない伊賀さんて、すごいと思う。けなすときも慎重に言葉を選ぶし……」

「けなし言葉とほめ言葉は、同じ重さじゃないと思うんだよ。人は生まれてから常に死に向かっているから、ほっておくとネガティブなほうへ傾く、だから絶賛のほうをたくさん浴びるくらいでないとだめなんだ。批判をするなら、より高いレベルの絶賛がいつか生まれるように、作者本人に届くような言葉をつかわないとだめだ」

ピロートークだというのに、やけに大まじめな話をしてしまい、ますます気分がさめてしまった。

「伊賀さん、元日の歌会で『笑』というお題の歌、わざと捨てたでしょう？　わたし、ゴミ箱の中から見つけたの。伊賀さんが自分でボツにした短歌。いい歌だったのに……」

舞子は俺の捨てた歌を、すらすらと、そらんじてみせた。


庭先でゆっくり死んでゆくシロがちょっと笑った夏休みです　――伊賀寛介

たしかに、われながら、いい歌だ。歌会に提出していたら、皆にほめられただろう。でも、もうたくさんなんだ。飽き飽きだ。ほめられるなんて……。

だけど、そんなことを口に出して言うのは恥ずかしいので、返事をするかわりに舞子を抱き寄せて、もう1ラウンドしてみることにした。

もしも国友克夫の童貞を、舞子が奪っていたとしたら……。ふいにそんな妄想が頭に浮かび、妄想の中の国友克夫が初々しく射精した瞬間、俺もいってしまった。いまだかつてないほどの快感があり、しばらく舞子の中にいれたまま、脱力していた。コンドームが脱げそうだ。

もしかしたら俺、ホモっけがあるのだろうか……そんな疑問が首の後ろのあたりに生まれ、全身にじわじわと広がっていくような気がした。

CHERRY BOY 13

舞子先輩の下僕に……

気がつくと、僕は教室の中にいる。どうやら、ここは小学校みたいだ。ああ、そうか。そういえば、僕はまだ小学生だった。どうしてそんなことも忘れてたんだろう？

教室の天井はとても高く、古い教会のように見える。机も椅子も古めかしい木製で、まるで日本じゃないみたいだ。

……っていうか、ここは日本じゃなかったんだった。そうだ、思いだした。父の仕事の関係で、イタリアに引っ越してきたんだった。

僕は教室の一番前の席にすわっていた。右の席には同級生のアントニオーニくんがすわっている。アントニオーニくんは、そばかすだらけの顔で、意地悪そうに笑っている。

「やーい！　この、おちんちん野郎！」

僕の名前「カツオ」は、イタリア語で「おちんちん」の意味だ。

アントニオーニくんから目をそむけるように、左を向く。

視線を上げると、花屋の上の喫茶「ダーチャ」の窓際に、舞子先輩がすわっている。な、なんで、そんなところにいるの？

「ははははは！　国友おちんちん！　国友おちんちん！　素敵素敵！」

せ、先輩……。僕は泣きそうな気持ちになる。

「面白いな。おちんちんは五音だから、短歌をつくりやすいしな」

聞き覚えのある低い声に振り向くと、後ろの席には伊賀寛介がすわっている。伊賀さんは、黒いフレームのおしゃれなメガネを人差し指で持ち上げて、にやにやと僕を見る。

「おちんちん 僕の名前は おちんちん どうぞよろしく お願いします ……ほーら、出来た！」

五日市街道を歩きながら、百人一首を朗読している謎の秘密結社集団が、僕に向かって大笑いしている。

「やーい！ カツオ！」

「カツオ！」

「カツオ！」

ああ、もう、やめて！ お願いだから、やめて！

＊

……そんな夢から目がさめると、汗びっしょりだった。携帯電話が小さく鳴っている。手にとると、舞子先輩からの呼び出しメールだった。

最近、似たような夢ばかりみる。舞台設定はいろいろだけど、どの夢にも必ず舞子先輩と伊賀さんが出てきて、僕をあの手この手で笑いものにする。

喫茶「ダーチャ」での一件以来、先輩とはもう何もなくなるものとばかり思っていた。けれど実際には、メールアドレスも交換して、以前より頻繁に会っている。嬉しい誤算、と言えると思う。

でも、手放しでは喜べない。舞子先輩が僕を誘うとき、先輩の隣にはいつも伊賀さんがいるからだ。

〈今ひま？　高円寺でデートしない？　国友くん、家、このへんでしょ？〉

先輩はいつだってそんな優しげなメールをくれるけど、じつはそれは全然「デート」なんかじゃない。舞子先輩と伊賀さんのデートに混じって、からかわれたり、お説教されたりするだけなのだ。

わかっていて、ひょいひょいと出かけてしまう自分が悲しい。もっと悲しいのは、待ち合わせ場所に向かう道すがら、うきうきしている自分に気がつくときだ。


土砂降りの夜のメールでとんでいく　僕という字は下僕の僕だ　――国友克夫

土砂降りでも夜でもない、明るい土曜日の高円寺駅に着くまでに、僕はそんな歌を詠んでいた。

PLAYBOY 14

国友の水着姿……

久しぶりの舞子とのデートは、高円寺で古着屋めぐりをすることにした。つきあい始めたころ、よく買い物に来ていた街だ。

俺と舞子と国友克夫……三人で並んで歩く。

ふたりきりだと、まがもたなくて、ついつい国友の話ばかりになった。まがもたないのは舞子も同じだったのか、国友を携帯メールで呼び出してくれた。

「おまえのその服装！　見てると、俺の繊細な美意識が傷つくんだよ！　俺たちで似合う服選んでやるから、ちょっとは身だしなみに気をつかえよな！」

「……はい……」

「国友、そもそも素材はいいんだからさ……」

素材はいい、という言葉を俺が口にしたとき、なぜか国友は悲しそうに顔をゆがめた。その表情を見て、俺はちょっぴり、どきっとした。

……そんな微妙な気持ちになっていることを、国友も舞子もまったく知らない。もし知られたら、こんなふうに皆で買い物に来たりはできなくなるだろう。

俺は素知らぬ顔で、行きつけの店に入り、オーソドックスなカーディガンやジーンズを選ぶ。国友はまんざらでもなさそうな様子で、次々と試着している。

「ど、どうですか……伊賀さん」

「んー。シルエットはまあまあ。舞子、色はどうだ？」

　色彩センスのある舞子にお伺いをたてる。

「……うん、いいと思う。国友くん、けっこう何でも似合うよ。どうやったらいっつも、ダサい服ばかり選べるの？　ふつうに着ればいいのに、ふつうに」

「ふつうって……。それが一番難しいんすよ、舞子先輩……」

「じゃ、これとこれ、買えよ。金あるか？」

「……今はありますけど、晩飯代が……」

「飯くらい、俺がおごるって」

　俺たちはさんざん国友を、着せ替え人形にして楽しんだ。

　たしかに、何を着せても似合う。わざと着替えの途中で試着室を覗いてみたが、着やせするタイプらしく、意外と筋肉質でたくましい。

「おまえ、なんか運動とかやってたの？」

「いえ。運動はあんまり得意じゃなくて……水泳なら、ちょっと」

　俺は国友の水着姿を想像した。べつだん興奮はしない……。大丈夫、俺はホモじゃない。

「じゃあ夏になったら、みんなで海にでも行くか？」

「ほんと？　楽しみ！」

主に喜んだのは、舞子だった。

＊

きょう買った服一式に着替えた国友は、両手にも大きな紙袋を下げている。国友が着てきたボロい服たちは、なじみの店員に「処分しといてよ」と言って、渡してきてしまった。

俺たちの見立てがいいから、そんなには財布を痛めてないはずだ。やや高価だった新品のスニーカーは、俺と舞子からのお年玉ということにした。ただし、「ばれん」に入会することが交換条件である。

地下鉄丸ノ内線の新高円寺まで歩き、カフェ「HERE WE ARE marble」で晩飯。アルコールの入ったコーヒー、スパークリングワインをつかったカクテル、牡蠣の自家製スモーク、鴨のもも肉のコンフィ……冬限定のメニューを中心に頼んだ。カクテルは「エチュード」という名前なのが気にいった。

「このカフェのオーナーは、レコード会社や出版社も経営してるんだ。ほら、そこに飾ってある写真集とか……」

食べながら俺がそんな話をしたら、舞子が思いだしたように言う。

「あ、瞳さん、ついに歌集出すんだってね」

……初耳だった。

CHERRY BOY 15

瞳さんの胸が……

指定された吉祥寺の「オレンジカフェ」で待っていると、白いコートを着た女の人が早足で店に入ってきて、僕のいるテーブルに来る前に転びそうになった。

その瞬間、観葉植物をつかんだせいで葉っぱが一枚やぶれ、しかも結局転んでしまった。

「大丈夫ですか？」

近寄った店員に、

「ごめんなさい、あの、これ……」

謝りながら一枚の葉っぱを手渡す女の人。なんだかコントみたいだと思った。

それが佐々木瞳さんだった。

「前に一度お会いしてますよね。元日の歌会のときに」

「あ、そうでしたっけ」

緊張してたから、顔をあまり覚えてない。

「日本語、お上手ですね」

「え。ええ、まあ……」

こんな顔だけど日本語しか……と言いかけて、説明がややこしくなりそうで、やめた。

「改めましてこんばんは、佐々木瞳です。佐々木っていう苗字の人が『ばれん』にはもうひとりいるから、瞳って呼んでくださいね」

僕に微笑みかけながらコートを脱ぐ。胸元が大きく割れた服を着ていた。

す、すごくおっきい……。僕の視線は瞳さんの谷間にクギづけになった。真っ白で、やわらかそう。もう少し姿勢を高くしたら、ブラジャー、見えるかも……。

……ああ、ダメだダメだ！　なんてバカなことを考えてるんだ、僕は。

あわてて我に返り、瞳さんのほうを見たけれど、彼女は僕の視線を気にしたようでもなかった。いや、まったく気がついてないみたいだった。

「べつに今度の歌会のときでもよかったんですよ、入会手続きなんて。たいしたことするわけじゃないですから」

「すいません……」

よく考えたら、ほんとにそうだ。

「まあ、仕事の帰り道だからいいんですけどね。はい、ここに、名前と住所と連絡先、書いてください」

そして僕は学生割引の年会費を渡した。一万二千円也。

「……手続きは、これだけなんですか」

「ええ」

瞳さんが領収書をやぶり取って、僕に手渡す。

「白装束着て、冷水浴びながら、短歌の神様に祈りを捧げる踊りでも踊るのかと思ってました？」

「はい、あ、いえ……」

そこまでのことは思ってなかったけれど。

「一応説明しておきますと、『ばれん』の大きな活動は、短歌雑誌『ばれん』を年に四回発行することです。ごめんなさいね、きょうは見本を持ってこられなかったの。今度お渡しします。……あと、だいたい月に一回、歌会を開催しています。それと、会員の歌人が歌集を出したら、お祝いの批評会をやったりもしますね」

「……あ、そうだ」

僕は言い忘れていたことを思いだした。

「瞳さん、今度、本を出版するそうですね。第一歌集、って言うんでしたっけ？　おめでとうございます！」

「ええ、ありがとうございます……」

瞳さんがにっこりと笑った。

「早耳ですね」

「すごいですね、短歌で本を出すなんて！　ベストセラーとかになると、いいですね！」

心からおめでとうを言ったつもりだったのに、瞳さんの顔から、笑みが消えた。

PLAYBOY

16

瞳の出版資金は……

五百田ビルヂング二階のカフェには名前がない。看板がないのだ。店長に店名をたずねても、はぐらかされてしまう。仲間内では「二階のカフェ」と呼んでいる。そのまんまだ。

店長は五百田案山子の古い友達。年齢不詳で三十代にしか見えない。かなり顔のパーツが整った男前で、本人はゲイではないと言っているが、俺のことを「いろんな意味で」気にいってくれているらしく、なにかと代金をまけてくれる。

嬉しい反面、少しだけ気味が悪いなと思っていたのだけれども、国友克夫があらわれてからの俺は、店長に対して心の中で優しくなった。少しだけ。

午後三時五分……。

国友が息を切らして店にあらわれる。俺がアドバイスしたとおりに組み合わせて着ている服が、きまっている。

「すみません伊賀さん、お待たせしちゃって……」

駅から走ってきたのか、顔が紅潮している。かわいい……。

「今来たとこだよ俺も」

ほんとうは二十分前から来ていた。

「すみません、歌会は五時からなのに……」

　きょうは歌会の前に、短歌に関してレクチャーする約束をした。このカフェを指定したのは、店のそこかしこに無造作に本が積んであり、「ばれん」の歌人たちが出した歌集が揃っているからだ。

　あたたかい加賀棒茶を国友とふたりで飲みながら、テーブルに何冊かの歌集を並べる。国友はそれを一冊ずつ手にとって、ぱらぱら目を通し始めた。真剣な表情が……美しい。

「あの……すみません、僕にはなんか難しいみたいで……伊賀寛介歌集はすごくわかりやすくて、面白かったのに」

「まあ、初心者には、そうかもな。……デザインに関しては、どう思う？」

「どの本も、なんだか白っぽいんですね……見た目で僕が好きなのは、これと……あと、これです」

「その二冊、俺がデザインしたんだ」

「そうなんすか！　じゃあ伊賀寛介歌集も、伊賀さんが自分で？」

「そう、俺のデザイン」

　歌集がおしなべて白っぽいのは、カラフルな印刷をすると金がかかるからなのだろうか。俺はもともと余白を活かした清楚なデザインが好きなのだが、たしかに書店に売っているふつうの本とくらべたら、やたらと白っぽいような気もする。

　世の中に存在する歌集のほとんどは、自費出版だ。国産車一台を買えるくらいの予算がないと出せないくせに、ふつうの書店には並ばない。数百人の歌人仲間に読まれておしまい。それでも感想が多少飛び交えばまだマシで、多くは話題にもならずに捨てられるか、ブックオフに売られていくか。

無防備な歌人は自宅の住所を本に印刷してしまうことも多い。もともと「売れない」「売らない」ことを前提としてつくられているからだ。そう考えると時々、恐ろしくなる。

俺は、ハタチのとき石川啄木短歌大賞を受賞し、その賞金代わりに歌集を出版してもらった。歌壇では特例中の特例で、まだ歌集を出せない先輩歌人たちには激しく嫉妬されたものだ。……そんな話を国友に語って聞かせていたら、やつの顔色がどんどん悪くなっていった。

「……じゃあ僕、佐々木瞳さんに、ひどいこと言っちゃいましたね。歌集、ベストセラーになるといいですね、なんて……」

うつむいて、泣きそうになっている国友を見ていたら、俺は興奮のあまり胸のあたりがきゅっと苦しくなった。

……それにしても、瞳のやつ、いつのまに出版資金をためたんだろう? 素朴な疑問が脳裏に一瞬浮かんだけれど、すぐに忘れてしまった。

CHERRY BOY 17

瞳さんとふたりきり……

瞳さんのことを思うと、つらい気持ちになった。

伊賀さんの話を聞けば聞くほど、「歌集を出す」というのがとても大変だということがわかってきた。そして歌集というのは、そもそも本屋さんで売られないものだということも。

それを、僕は……。

「本が売れたら、印税生活ですね！」

だなんて……。

「お金持ちになったら、おごってください！」

だなんて……。百何十万円も自腹で出してる人に向かって……。自分の無知と、軽率な言葉が、無性に腹立たしい。どうしても謝りたかった。

だから歌会が終わって、瞳さんがひとりになったところに、こっそり近づいていった。

「あの、この前のこと、すいませんでした……」

「え。なんのこと？」

……どう説明したら傷つけないで済むか考えると、うまく言葉が出てこない。

「なんか話すことがあるなら、時間もちょうどいいし、ご飯でも食べながらにしましょうか」

……誘われてしまった。

＊

「なーんだ。そんなことですか。そんなの全然、気にしてないの」

喫茶「ダーチャ」の近くにある「カフェ・パッサテンポ」で料理を待ちながら、しどろもどろになりながらおわびの気持ちを伝えると、瞳さんはほっとしたように笑った。

「もっと深刻なことかと思ったじゃないですか」

「す、すいません……」

「いいですよ。国友さんって、優しいんですね、とっても」

優しいなんて女の人から言われたの、初めてだ……。

瞳さんがあのことを気にしていなかったことに安心したせいもあって、その後、僕はおしゃべりになった。

「瞳さんて、東京出身なんですか？」

「東京？　……そう見えます？」

「ええ。なんか、服とかしゃべり方とか……上品な山の手のお嬢様、って感じがします」

「ありがとう。でも、はずれ。わたしの実家は東北のすごい田舎のほうなの。バスが一日に二本しか走っていない村。ほら、この冬はすごい大雪で、大変なことになってるらしいの。

うちの実家もつぶれちゃうかも……」

きっと実際は、そんなに深刻ではないのだろう。瞳さんは、ふふふ、と笑った。桜色の唇がパスタを飲み込んでいく。オリーブオイルで濡れて見えて、セクシーだった。

「瞳さんは、短歌をいつ始めたんですか？」

「高校のとき。文芸部に入ってて、詩を書いたりしていて……そこで五百田案山子先生の短歌に出会って、衝撃を受けたの」

五百田案山子の歌集は、伊賀さんが貸してくれたのを読んだ。じつを言うと僕には、ぴんと来なかった。全体的に、幻想的というか、メルヘンチックというか、うっとりしている感じがするのだ。

僕は今まで読んだ中では、やっぱり伊賀さんの歌が一番好きだ。笑えるんだけど、どこか悲しくて、優しい歌。伊賀さんにはバカにされてばっかりだけど、伊賀さんの才能はすごいと素直に思う。うまく言えないけど、伊賀寛介という人間の本質と、伊賀寛介の詠む歌が、ちょうどつり合ってる感じがするというか。

馬鹿中の馬鹿に向かって馬鹿馬鹿と怒った俺は馬鹿以下の馬鹿　——伊賀寛介

でも、僕はそんな自分の考えを瞳さんには言えなかった。今ここで伊賀さんの話をしたら、瞳さんとの楽しい時間が台なしになってしまう……そんな予感がした。

PLAYBOY 18

瞳を閉じて……

深夜二時のツタヤ。数年ぶりにアダルトコーナーに足を踏み入れると、ちょうどBGMがキングクリムゾンの『ムーンチャイルド』になった。……懐かしい。そもそも「ビデオ」という言い方自体が古くて、今は皆「DVD」だ。俺も、トシをとったな……。今どきの若者は、エロビデオをあまり観ないものらしい。

繊細な美意識を持つ俺にとって、エロDVDの題名のセンスやパッケージデザインの猥雑さは、ほとんど暴力と言ってよい。あまりにも不愉快で、かえってすがすがしいような気分にもなる。

エロ業界は俺の知らないうちに、ものすごいことになっていた。生意気な女の子を地引網で捕らえてレイプするという作品のパッケージ写真では、ほんとうに魚をとる地引網に、女の子がからまっている。男女が両手にボクシンググローブをハメて、両手をつかわずにセックスするという作品もあった。……何が楽しいんだ？　この国は、いったい、どうなってしまったんだろう……。

棚をていねいに観ていたら、外国人の男たちが裸で仲よくしているパッケージのDVDを見つけた。これは……。女性やゲイの人が借りるのだろうか……。パッケージをじっと見つめてしまう。国友克夫のほうが断然、美形だ。

俺、やっぱりホモっけ、あるのかな……。そんな疑問を一度持ってしまうと、どんどん自分がそっちの人間なのではないかと思えてきて、心の中のノイズが消えない。このさい、研究のために借りてみようか……と一瞬思い、「や、それはちょっと、なしだろう俺！」と、自分につっこみをいれてみる。

ツタヤのBGMはラジオ番組のような編成になっていて、いろんな曲がちょっとずつ流れては、めまぐるしくまた別の曲に変わる。俺は、自分がまだちゃんと女に興奮できるのかどうかを確かめたくて、久しぶりにエロDVDを借りにきたのだ。

このあいだの歌会のテーマは、「失恋」だった。あんのじょう、国友克夫の歌が圧倒的に素晴らしかった。吉祥寺駅前、サーティワンの横で泣く歌。ミラクルで奇跡みたいなミラクルで奇跡みたいな恋を振り返る歌。……今まさに恋にやぶれ、涙を流している十九歳のやわらかな心象風景が、くっきり伝わってきた。

それ以外の歌人たちは、相変わらずだった。俺も含めて。もう二十五歳の俺には、ミラクルも奇跡も永遠におとずれないのか……神よ！　短歌の神よ！

……そばにいた背の低いサラリーマンが、ギョッとした顔でこっちを見ている。俺は知らず知らず変な表情をしていたのだろうか？

……いけない。こんなところからは、早く立ち去らなくては。

俺は定番の女教師もののDVDを、とても適当に三本選び、レジに持っていった。選んだ基準は「パッケージのデザインが飛び抜けてかっこ悪いやつ」。えてしてデザインのよさと、中身の実用性は、反比例する……それが俺の持論だ。

神様はいると思うよ　冗談が好きなモテないやつだろうけど　――伊賀寛介

昔、そんな歌を詠んだことがある。神様って、ほんとうに冗談がきつくて、性格が悪い。そそくさと帰宅し、缶ビールを飲みながら作品鑑賞を始めた俺の視界に、信じられないものが大写しにされた。

最初は雰囲気が似ているだけの別人だと思ったが、一瞬とはいえ、あいつとつきあったことのある俺は、豊かな胸のどこにほくろがあるかまで覚えている。

瞳を固く閉じて、犯されている女教師が……佐々木瞳だった。

CHERRY BOY

19

瞳さんと舞子先輩……

冬休みの終わった大学は、なんだか人が多かった。学期末が近いから、レポートや期末試験の情報を求めて、授業に出席する学生が増えているのかも。この大学、こんなにいっぱい学生が在籍してたんだ……。

まあ、そんなふうに客観的に思ってはいるけれど、僕だって、そのおおぜいの学生の一人に過ぎない。レポートのしめきりが近くって、ふだんはあまり近寄らない大学の図書館なんかに来ている。

図書館で本を探しているときにも、頭にはしょっちゅう、短歌の断片が浮かんでくる。忘れないよう、携帯にメモする。あとで推敲ができるように。

瞳さんも、こんなふうに短歌をつくっているのかな……。僕は昨夜の瞳さんを思いだし、ニヤニヤしてしまった。

瞳さんはほんの少しカクテルを飲んだだけで酔っ払ってしまった。陽気で、よく笑って、一緒にいるだけでなんだか幸せになるような酔い方だった。そして、あの、おっぱい……。

ああ、瞳さん……。

「国友くん！」

突然、書架の陰から声をかける女の人がいた。瞳さん？　と一瞬思ったけど、もちろんそんなわけはない。

……舞子先輩だった。昨夜も思ったけれど、ふたりは声が似ている。

「なんだ、舞子先輩ですか……」

「なんだ、って……。声かけたら悪かったみたいね」

「あ、いや、そんなことないです！」

僕は慌てて否定した。

「あの、心理学のレポートが、来週しめきりで。それで、ちょっと参考文献探すのに集中してて……。すみません」

舞子先輩は、いつものように僕を上から下までなめまわすように見て、ため息をついた。

「まあいいけどさ……。ねえ、大学に来るときも、洋服、ちゃんとしようよ」

「いや、いいっすよ……。なんか、肩こるし」

「だめ。毎日きちんとしてないと、いつまでたっても『着られてる』感じになっちゃうわよ」

「でも、きょうはとくに何もない日ですから……」

「え？　連絡、いってない？」

「何のですか？」

「研究室の新年会、きょうでしょ？」

「あ、そういえば！」

……そうだった。瞳さんのことで頭がいっぱいで、すっかり忘れてた。

と、僕の携帯が鳴った。瞳さんからのメールだ。

「……だれ？」

舞子先輩は、必要以上に不審そうだ。勘が鋭い……。

「あ、友達です」

僕はとっさに嘘をついた。

舞子先輩といったん別れ、だれにも見られていないことを確認しつつ、瞳さんからのメールを見た。万が一「つきあってください」とかのメールだったらどうしよう……とドキドキしながら。

メールの文面は想像とはちがっていたけれど、読みながら僕のドキドキはとまらなかった。

〈国友くん、今夜って時間ありますか。ちょっと大切なお話があります。急ぎで会ってお話がしたいんですが。佐々木瞳〉

PLAYBOY 20

瞳からの電話……

強姦をする側にいて立っている自分をいかに否定しようか　――伊賀寛介

昨晩のショックによって生まれた歌を、部屋でパソコンに打ち込んでいたら、携帯が「君が代」のメロディを奏でた。

……公衆電話からだ。俺は即座に電話に出た。

「伊賀さん？　佐々木瞳です」

やっぱり瞳だった。

瞳が女教師として出演しているエロDVDを、俺はきのう、服を着たまま最後まで観た。なんか膝を抱えて見てしまった。すっかり読み飽きた歌集を、久しぶりに読み返してみたら意外と新鮮だった……そういうことってある。だから欲情はしたのだけれど、雑念が渦巻いて、しぼんでしまった。からだの一部も、心も。

「ちょっとご相談したいことがあるのでお時間とってくれませんか」

やけに、けなげな言葉づかいで、声も元気がない。

「どうした？　いつがいい？」

「今すぐとかって……だめですか？」

「おまえ今、どこにいるの？」

「吉祥寺です。『東京基地』」

「わかった。バーじゃなくて、カフェのほうな？」

カフェ「東京基地」のそばに「基地バー」という姉妹店もあるのだ。店の人に確認したことはないが、キチジョウジのキチから名づけたんだと思う。

俺が吉祥寺在住だということは、「ばれん」の仲間にもあまり話していない。歌会を五百田ビルヂングでやることが多いので、面倒なことに巻き込まれるのがいやなのだ。自分の部屋には女もいれない。ホテルへ行くほうが楽だ。飯もカフェとかで食う。部屋は帰って眠るだけの場所だ。瞳もうちには来たことがないが、「ばれん」幹部だから俺の住所は当然知っている。

十五分ほどで店に着くと、瞳はもう少し酔っているようだった。奥まったところにある個室のようなスペースに、ふたり横に並んで腰かける。見上げると、まるい天窓。

小腹がすいていたので俺は「おこげ入りパルミジャーノリゾット」とカフェラテを頼む。

「伊賀さんて、カフェが好きなくせに、インスタントコーヒーも平気で飲むよね……」

瞳がいきなりそんなことを言う。

「……悪いか？　インスタントにはインスタントの味わいがあるだろ。インスタントはコーヒーじゃない、とか言うやつは、ほんとはコーヒーの味なんてわかってないんだよ」

「そうかもね。『ばれん』の短歌も、昔はもっと、バリエーションがあったのにね……」

瞳は懐かしそうに、さびしそうに言った。瞳が何を言おうとしているのか、同じ歳月を同じ会で過ごしてきた俺にはすぐにわかった。「ばれん」はひとつの美意識を大切にするあまり、排他的なのだ。

「今年の元日の歌会、ひとりも着物の人がいなかったのって気づいた？　あれは五百田先生が去年、ある女性歌人の着物姿をボロクソに言ったからなのよ。『あんな着物姿の醜い歌人に、いい歌がつくれるはずない』って」

「……ある女性歌人って、だれだよ？」

「わたしも知らない。五百田先生が怒ったことだけが伝わってきて、みんな詳しくは言いたがらないから……」

そもそも「ばれん」会員は男女ともに美形ぞろいで、それも五百田案山子の審美眼のせいだ。俺は会の中では比較的だめなほうのルックスで、「短歌の才能のみで選ばれた奇跡の男性会員！」とか陰口をたたくやつもいる。

小さなアルミ鍋ごと出されたリゾットを、ふたりしてつっつく。瞳はなかなか本題を切り出そうとしなかった。

CHERRY BOY
21

舞子先輩と僕は……

新年会の会場は井の頭公園近くの「井の頭汁べゑ」というお店で、ちょっと奥まった目立たない場所にあるのに、店内は異様に混んでいた。十人くらい研究室のメンバーがいた中、僕は自然と舞子先輩の隣にすわった。少し前の僕だったら、とてもそんな勇気はなかっただろう。

先輩は相変わらず、すごいピッチでジョッキを空にしていった。飲めば飲むほど声が大きくなる。声質は少し似ているけど、瞳さんは酔っても声を張り上げたりなんかしない。

「国友くん、もう、入会手続きは終わったんでしょ？」

「ええ。瞳さんに会費も払いました」

「よしよし。えらいえらい」

「でも、なんかそのことで話があるみたいで、じつはきょうも呼ばれてるんです。時間があったら……って」

「時間あるの？　飲み会、けっこう続くよ」

「ええ。そう伝えたんですけど……。瞳さん、『ばれん』の用事で吉祥寺にいるそうなんです。一応、待つだけ待ってみるって」

「そんなに急ぎの用なのかな？　……瞳さんて、素敵よね。上品で、ちょっと天然ボケで」

舞子先輩は僕の目を見てから付け加えた。

「それに、おっぱいも大きいし」

……僕は聞き流したふりをして、ウーロン茶を飲んだ。

「瞳さんて、『ばれん』のだれかと、つきあってたりするんすかね？」

「瞳さん？　うーん、今は……恋人いないって言ってた気がするけど。なんで？　惚れた？」

「そ、そんなことないっすよ！」

「……わかりやすいね、君」

「だから、ちがいますったら！」

「じゃあ、きょうは帰さない。約束すっぽかして、瞳さんに嫌われてしまえ！」

「……勘弁してくださいよ……」

「冗談よ。すぐ解放してあげるよ。大好きな瞳さんに早く会いたいもんね」

……でも結局、その後の二次会にもつきあわされることになった。

＊

「で、どこで待ち合わせなの？」

三次会がおひらきになって、終電の時刻も迫ってようやく解散という別れ際、思いついたように舞子先輩がきいた。

「『東京基地』っていうカフェだったんですけど。でも、さっき、〈きょうは無理みたいです〉ってメールで謝りましたから」

「行ってみたら？　案外、まだ待ってるかもしれないよ」

「メールいれたの、もう一時間以上前っすよ」

「よし、行こう！」

僕の言葉を無視して、舞子先輩は歩き始めた。酔っ払った先輩は行動が大胆だ。帰ろうという僕を引きずって、高架下の道を西荻窪方面へ歩いていく。

「国友！　望みは最後まで捨てちゃだめだ！」

「だから、そんなんじゃないですよ。……っていうか、先輩が今までつきあわせたんじゃないすか！　もう……」

突然、舞子先輩が立ち止まった。

「あ、あれ……」

先輩の視線は「東京基地」から出てきた女性に向けられている。

「あ、瞳さん？」

僕が駆け寄ろうとしたら、舞子先輩が手をひっぱって制した。

瞳さんのあとから出てきた男は、……伊賀さんだった。

PLAYBOY 22

瞳とホテルへ……

結局「東京基地」で瞳は、たわいない世間話しかしなかった。もっと落ち着けるところで話がしたいと言う。

「……じゃあ、ホテルでも行くか？」

冗談半分で言ったのに、瞳が神妙な顔でうなずいたので、俺も引くに引けなくなった。

しかし、平日だというのに、あてにしていたホテルは満室……。別のホテルまで歩いていく気もしないくらい寒い。繊細な感受性を持った俺は、常人より寒さに弱いのだ。

どこか適当な店があいていないかとも思ったが、ふと、「瞳を自分の部屋に来させるのもありかもしれない」という、自分でも意外なアイディアが浮かんだ。

「……おまえ、ロデオボーイって知ってる？」

「ロデオボーイ？」

「……それって、深夜の通販とかでよく宣伝してる、馬みたいな動きをする乗り物のこと？」

「そうそう、それ。俺んちにあるんだけど、これから見に来るか？」

瞳は、爆笑した。

「そこまで笑うことないだろ？」

「ごめん。すごい口説き方だなと思って……」

瞳はさんざん笑ったあと、不器用な男に口説かれたウブな女のような口調で、言った。

「ありがとう。わたし、ちょっと乗ってみたいと思ってたの」

＊

俺の部屋は防音がしっかりしているから、夜中にロデオボーイに乗っても近所迷惑になることはない。コーヒーメーカーが自動的にうまいコーヒーをいれるまでのあいだ、瞳にはさっそくロデオボーイに乗ってもらうことにした。

「伊賀さんらしいというか、なんというか……生活感のない部屋ね」

瞳は大きな胸をぶるんぶるん揺らしながら、部屋を見渡して言う。

「まあね。片づいてるだろ？」

「片づきすぎてて、男の部屋とは思えないくらい。ゲイの友達の部屋が、こんな感じかも」

……わるぎのない感想なのだろうが、俺は少しだけ傷ついた。

「伊賀さん、なんで、わたしを部屋にいれてくれたの？」

瞳がロデオボーイのスイッチを「速」に切り替えて、きいた。胸の揺れはいっそう激しくなった。ちぎれそうだ。

「寒かったから」

　正直に答えたが、ほんとうは別の理由もある。俺は瞳の秘密を知ってしまった。だから、瞳にも俺の秘密を教えることで、バランスをとりたくなったのだ。

「ねえ、これって、効果あるの？」

「三カ月で三キロ痩せたよ。腹もへこんだ」

「ほんと？　すごい！」

「このことは『ばれん』のやつらには絶対、秘密な！　約束しろよ！」

「……わかった」

　瞳は苦笑いしてロデオボーイのスイッチを切った。

「次はおまえが話す番だよ。……何があった？」

　コーヒーをテーブルに運び、瞳にすわるよう、すすめた。瞳はブラックのまま一口すすって、

「おいしいです」

　と微笑み、それから、俺の目を見て言った。

「わたし、『ばれん』をやめようと思うんです」

「……なんで？」

「……前々から考えてはいたんだけど……」

　そして瞳は、ようやくすべてを語り始めた。

「……国友克夫くんのことがきっかけで……」

CHERRY BOY 23

瞳さんと伊賀さんが……

風が強い。ものすごく寒い。でも、舞子先輩は寒さをまったく気にしていないみたいだ。

適度に距離をおいて、見失わないように気をつけながら、僕たちは伊賀さんと瞳さんの尾行を続ける。ふたりが振り向くたびに、舞子先輩は、さっと電柱に身を隠したりもした。逆効果だと思う。ふつうに歩いてるほうが目立たない。

でも、先輩の真剣な表情を見てしまうと何も言えなくて、僕は先輩と一緒に、身を隠しながらふたりの後をつける。真夜中の探偵ごっこだ。酔いはとっくにさめている。

伊賀さんと瞳さんはラブホテルに入った。でも三分もしないで出てきてしまい、最終的に向かったのは、白いタイル張りのマンションだった。

「……伊賀さんの自宅、っすかね？」

「知らない。来たことないもん」

「え、彼女なのに？」

気になって、僕は舞子先輩にきいた。

「先輩って、伊賀さんのこと、ふだん、なんて呼んでるんすか？」

「こんなときに、きかないでよ、そんなこと」

しばらくの無言のあと、先輩はぽつりと言った。

「……『伊賀さん』は『伊賀さん』よ」

「それって、なんか……、恋人っぽくないですね」

「だって、ほかに、なんて呼ぶのよ？」

「いや、寛介、とか、カンちゃん、とか……。彼女らしい呼びかたって、あるじゃないすか」

「じゃ、自分がそう呼べば？」

僕は「カンちゃん」と呼ばれる伊賀さんを想像してみた。たしかにしっくりこない。伊賀さんは、なんというか、どれだけ親しくなっても、ある部分からは絶対に心をゆるさないような雰囲気がある。冷たい、というのともちがう何かが。舞子先輩もきっと本能的にそれに気づいていて、それで伊賀さんのことをなれなれしくは呼べないでいるのだと思う。

三十分以上、マンションの前で立っていた。最初は郵便ポストの陰に身を潜めていたりもしたのだけれど、そのうち、バカらしくなって、やめた。通りは閑散としてるし、ふたりがすぐに出てくる気配もない。

瞳さんが伊賀さんと何をしているのか、想像したくなかった。

携帯の時計を見る。二時を回っていた。

「舞子先輩……」

街灯に照らされた先輩の顔は真っ白だった。寒さのせいだけじゃないと思う。

「……帰りましょうよ」

「……やだ」

そうは言ったけれど、先輩は僕の腕に自分の腕を巻きつけた。僕たちは無言のまま、駅の方角へ向かった。電車がもうないのはわかっていたけど、ほかに目的地もない。夜風はさっきよりもっと冷たくなっている。ただ、からみついている先輩の腕のところだけが温かい。

ラブホテルを通り過ぎようとしたとき、先輩が言った。

「……わたしたちも入っちゃおう」

「だめですよ、舞子先輩」

自分でもびっくりしたけど、即座に、ことわっていた。

「舞子先輩のことは好きです。でも、そういうふうに、腹いせみたいなので利用されるのは、もういやなんです」

「……ずいぶん、はっきり物を言えるようになったじゃない」

舞子先輩は、目いっぱいな感じの笑顔で言った。

沈黙の中で駅まで歩きながら、絶好のチャンスを逃してしまったことを、早くも後悔していた。

PLAYBOY

24

国友が瞳に惚れた……？

昼に国友から電話がかかってきて、大切な話があるから今夜会ってくださいという。場所は吉祥寺の、国友も知っている有名な喫茶店「ぐつ草」を指定した。階段で地下におりていくと、洞窟を連想させるような空間がひろがっている。国友は、俺の選んでやった服を着て、店の奥の席にすわっていた。

「よお！」

こっちから挨拶したのに、軽く会釈するだけで声も出さない。

「……感じ悪ぃなあ、おまえ」

国友がまだ注文していなかったので、三杯分のブレンド豆をぜいたくにつかった「スペシャルデミタス」九百五十円を、勝手にふたつ注文した。

「伊賀さん、伊賀さん」

国友が二回名前を呼ぶので、俺も二回答えた。

「なんだい、なんだい」

「……ふざけないでください。きのう、吉祥寺で何してたんすか。ひ、瞳さんと！」

なるほど……。瞳と一晩一緒に過ごしたことを知られたのか。……瞳のやつ、国友に話したのかな？　とは言ってもじつは、俺は瞳とコーヒーを飲みながら朝まで話しこんでしまって、キスすらしなかったのだ。

　ショートホープをゆっくりと吸いながら、国友の出方を待ってみることにした。国友はおどおど言葉を選びながらも、舞子とつきあっていながら瞳を部屋に連れこんだ俺のことを非難した。

　俺たちはあの晩、国友のことも話していたのだ。ほんとうは、エロＤＶＤ出演問題について瞳に問いただしたかったが、おそらく歌集の出版資金を捻出するためにした選択だろうなと想像し、とてもその問題にふれることはできなかった。

　俺のかばんには今、これからツタヤに返却するエロＤＶＤが入っている。ツタヤの青い袋が、爆弾であるかのように心に重くのしかかっている。

　瞳が「ばれん」をやめたいと言ったので、俺は必死で引き止めた。涙まじりに五百田案山子を批判する瞳を、抱きしめてやりたい気持ちもあったのだけれど、なんとなくセックスはなしだろうとも思った。

「……うるせえんだよ。俺たちが夜明けにコーヒー飲んだからって、おまえに何の関係があるんだ？」

　俺は煙を国友に吹きかけた。コーヒーが来たのでブラックで一口すする。国友はふるえる手で砂糖をいれた。

「で、でも……」

「瞳は、おまえの考えてるような女じゃねえんだよ。俺の部屋で、おっぱい、ぶるんぶるん揺らすような女だよ」

国友の表情がみるみる暗くなる。嘘は言ってない。

「そ、そんなことないです！　瞳さんは、親切で……。人から言われると、ことわれなくて……瞳さんのこと、利用しないでください！　瞳さんは純粋な人なんです！」

いつのまにか国友は、瞳に惚れていたらしい。俺の心の中に、またもや不可解なサド心がむらむらと生じた。きょうは瞳からきいた良くないニュースを、俺の口から国友に話さなければならないと憂鬱になりながら、この店に来た。しかし思いとは裏腹に、俺が口に出していたのは別の言葉だった。

「だから、童貞は、だめなんだよな……」

こっちを強く見すえた国友の目に、うっすら涙がたまっている。俺は興奮して、自分でもどうかしてると思うが、かばんの中からツタヤの袋を取り出した。

「……これでも観てから文句言いやがれ！」

テーブルに、青い袋ごとエロDVDを置き、あっけにとられている国友に千円札二枚を押しつけるように渡すと、逃げるように店を出た。

会計を任された国友は、俺のことを追ってこられなかった。

ああ、なんてことをしてしまったんだ、俺……。ひどい自責の念にかられる。

ツタヤのDVDを「また貸し」するなんて、絶対やってはいけないことなのに……。

CHERRY BOY
25

伊賀さんのHな……

ツタヤの袋に入っていたのは、DVDだった。Hなやつ……。

半透明のプラスチックケースに貼ってあるタイトルを見ただけで、興奮してしまった。女教師ものだ。でも僕の家にはDVDプレイヤーがないから、どうせ観られないのだ。

ふたり分のお金をレジで払って、店を出る階段をのぼりながら、伊賀さんのことを考えた。

舞子先輩ひとりでは足りず、瞳さんにも手を出しておきながら、さらにエロDVDまで借りてしまう……。伊賀さん、二十五歳にしては、性欲が余りすぎてるんじゃないだろうか。

最初は節操のない伊賀さんに対して、怒りを感じていた。けれども次第に、かわいくて、かわいそうな人なんじゃないか……とも思えてきた。

僕だったら舞子先輩や瞳さんを泣かすようなことは、絶対しない。

いや、舞子先輩のことは、少し泣かしてしまったかもしれない。女性のほうからホテルに誘ってくれたのに、男の僕がキッパリことわってしまうなんて、ものすごく失礼だった。

舞子先輩は僕の顔を好きなんだし、僕も舞子先輩を好きなんだから、相思相愛だったのに。

いやいや、だけど僕はもう、瞳さんのことを好きになったんじゃなかったのか？

……あれこれ考えてみると、節操がないのは伊賀さんだけじゃない。僕も同罪だった。

それに伊賀さんは、エロDVDを童貞の僕に貸そうとしてくれるなんて、やっぱり根は親切な人なのだと思う。

ツタヤまでは「くぐつ草」から徒歩三分なので、僕は伊賀さんのかわりに、DVDを返却してあげることにした。

延滞料金は、とられなかった。

＊

次の日、瞳さんが電話で行き方を説明してくれた店「…ful。cafe」は、吉祥寺の中道通りにあった。

地下に店があるのは「くぐつ草」と似ているけれど、吹き抜けになった階段から光が差し込んでいて、明るい。

「まえは美容院だったの、ここ」

瞳さんはそう言って僕にメニューをすすめた。

「もちろん、ランチはごちそうさせてね」

瞳さんと伊賀さんの関係をつい意識してしまって、顔がまともに見られない……。

「じゃ、お言葉に甘えます。だけど瞳さん、きょう会社はどうしたんすか？　僕はサボれる時間割の日だったから大丈夫なんすけど……」

僕は「ful モコ」とコーヒーにした。瞳さんはビーフシチューとライスと、焼き栗紅茶。

「……ずる休みしちゃった」

いたずらっぽく笑う瞳さんは、いつもより子供っぽく見えた。こんなかわいくて胸の大きい瞳さんが、伊賀さんと……。

改めてショックを嚙みしめた。しかし瞳さんがそのあと話し始めたことは、別の意味で、もっとショックだった。僕の「ばれん」への入会が、認められなかったというのだ。

瞳さんは僕が払った入会金を封筒のまま返して、頭を下げた。

「わたしの力が足りなくて、ほんとうに、ごめんなさい」

「……会費を払えばだれでも会員になれるって、舞子先輩や伊賀さんも言ってたのに……」

「わたしにもよくわからないの。五百田案山子先生のお考えだから。わたしたち会員は、従うしかないんです」

「……イオタカカシって人、そんなに偉いんすか？　神様か何かですか？　僕は伊賀さんの短歌が好きで『ばれん』に入ろうと思ったんです」

「そうね、先生は神様みたいなものかも。それに……」

瞳さんはしばらく黙った。僕も黙って、次の言葉を待った。

「伊賀さんが国友くんの才能をすごく買ってるから、そのことも関係してるのよ、きっと」

僕には、何がなんだかさっぱり……だった。

PLAYBOY 26

国友は今ごろ……

吉祥寺で深夜もやっているマッサージの店は、探せばもっとあるのだろうが、俺がよく行くのは二軒。きょうはマンションに近いほうの一軒に行くことにした。

この店の指圧師は「シルバー」「ゴールド」「プラチナ」に格付けされている。いちばん巧くて高い「プラチナ」を、六十分頼むことにした。

俺が指名したのは、最近プラチナに出世したばかりの、若い女性。前回やってもらったら、ていねいで気持ちよかった。出世直後だから手を抜かないのかもしれない。

「よろしくお願いします！」

あいさつも、元気でよろしい。顔は、まあまあ。胸は、Bカップくらい。

首筋と腰がとくに疲れていることを伝えて、タオルを敷いた台の上にうつぶせになり、国友のことを考えた。

瞳の出演しているエロDVDを、国友はそろそろ観たころだろう。何度も何度も観て、くたくたになるまで自分で自分を慰めたにちがいない。童貞だもの。

あこがれの瞳に対する失望と欲望。まっぷたつにひきさかれる国友の心とちんちん……。

それを想像すると瞳には大変申しわけないが、残酷な喜びで全身が満たされ、胸がきゅーん。と苦しくなった。

「強さの加減はよろしいですか？」

「大丈夫です」

そう答えるとき、よだれがたれてしまった。顔をベッドの穴にいれているから、よだれはすーっと床までたれた。あーあ。汚ねえ……。

しかし国友の入会を拒むなんて、五百田案山子はいったい何を考えているんだろうか。

俺がハタチで石川啄木短歌大賞を受賞したとき、俺の短歌百首を最も手厳しく評した選考委員が案山子だった。厳しかったが、的は射ていた。

〈この人は才気煥発ですが、二十歳とは思えない老成ぶりに、やがて苦しむようになるでしょう。一度だめになり、また立ち直ることができたら、本物だと思います〉

……そんな選評を読んで、俺は案山子が率いる「ばれん」への入会を決めた。ちなみに佐々木瞳は、俺が受賞した年の「佳作」だ。

「はい、あおむけになってください」

指圧師の女性に言われて、寝返りを打つ。よだれが残っていないか、手で確かめながら。

案山子が国友の入会を拒否したことが、瞳には耐えられなかったらしい。以前から少しずつ溜まっていた違和感が、ここへ来て致死量に達しそうなのか。

ハタチで歌集を出した俺とちがって、瞳はようやくこれから本格デビューを飾るところだというのに、結社をやめたら元も子もない。

石川啄木短歌大賞に応募するとき、俺はまだ結社には所属していなかったし、歌壇のおきてを何も知らなかった。ふつうは結社にいない新人が、短歌の賞をとることは難しい。なぜなら選考委員が全員、結社を率いている師匠だから。自分の弟子の作品には、あらかじめ目を通しておくのが慣例、との噂もある。いくら複数による合議で決まるとはいえ、選考会は限りなく不透明に近い。

何も知らずに受賞してしまってから自分の幸運に気づかされた。歌壇はその構造上、歌壇におさまりにくい才能を排除してしまうのだ。

五百田案山子の短歌観に、伊賀寛介の作品はギリギリおさまるのだろう。だから最近はわざとハミ出るような歌を詠んで、師匠を苦笑いさせてきた。

そして、そんな今の俺が面白いと思う国友克夫の歌は、「ばれん」からはハミ出てしまう。

「はっくしょん！　はっくしょん！」

漫画の擬音語のような、くしゃみ。指圧師の女性はさっきから鼻をすり気味で、風邪をひいているようだ。

うつったらいやだな……と思ったとたん、急に寒気がしてきた。

CHERRY BOY

27

瞳さんと公園で……

そして瞳さんは、いなくなってしまった。伊賀さんは電話で、「『ばれん』も会社もやめたらしい。携帯は解約してる」と言って、黙った。

「……国友、何か知ってるんじゃないのか？」

何も知らない。でも瞳さんと最後に会ったのは、おそらく僕だと思う。あの、ランチをごちそうになった日だ。

田舎は雪国だと言っていた瞳さん。きょうは東京にも雪が降った。

＊

あの日、会社をサボった瞳さんと、大学をサボった僕は、ランチのあとで井の頭公園に行った。平日なのに、わりと人がたくさんいた。

「世の中には、サボってる人って、けっこういるのね」

きっとこの人は、いろんなことをサボれず、まじめに考えてしまうんだろうと、思った。

ふたりで、スワンの形のボートに乗った。並んでペダルをこぐと、瞳さんのおっぱいが、ぷるぷるんと揺れる。オールをつかうボートのほうにしていたら、もっと激しく揺れる胸を見ることができたかもしれないのに……そんなバカなことを、考えていた。

「国友くんて、須之内舞子さんのことが、好きなんでしょ？」

「や、ただの、先輩です。……嘘です。前は好きでした。……これも嘘でした。……今もちょっとは好きです」

「……正直ね」

瞳さんは愉快そうに笑った。ぷるぷるん。笑い声と一緒に胸も震える。

「ひ、瞳さんは？　好きな人とか、いるんすか？」

話を変えようと思って慌てて切り出した。余計なことを言ってしまった……。

「わたし、伊賀さんとつきあってたの。昔」

衝撃だった。じゃあ、こないだのは、ヨリが戻っただけ、そういうことなのだろうか。

「昔って……、いつですか？」

「……昔よ。『ばれん』に入ったのは、わたしのほうが少し先だったの。伊賀さんが入会してきて、すぐに声をかけてもらって。でも三日くらいで、ふられちゃった。飽きたって」

「ひどい！」

「でも伊賀さんらしいでしょ？　全然悪びれないから、憎めなくて」

僕は前々から不思議に思っていたことを、きいてみた。

「伊賀さんて、短歌の才能があることはわかるし、かっこいいけど、なんであそこまでモテるんすか？　女性に、ひどいことするのに」

「何言ってんの。国友くんだって、モテモテだよ。『ばれん』の女の子たち、みんな、気にしてたよ」

「それは……、僕の顔だけ見て、必要以上に期待してるだけっすよ」

「そんなこと言ったら伊賀さん怒るよ、『顔がいいくせに卑屈になるな！』って」

「……言いそう……」

小さな黒い水鳥が、ボートの近くを泳いでいる。

「だから、国友くんが入会できなくなったなんて、みんなにも言えなくて……」

「もう、いいですよ。瞳さんが悪いんじゃないから。そこまで『ばれん』に入りたかったわけじゃないし……。舞子先輩や、瞳さんと一緒に短歌をつくれたら楽しそうだなって、少しは思ってたけど」

そう口に出して言ってみると、自分が「ばれん」に入るのを、ほんとうはけっこう楽しみにしていたんだと、気づいてしまった。

気づくとは傷つくことだ　刺青のごとく言葉を胸に刻んで　――伊賀寛介

水面のきらきらを見ながら、伊賀さんの代表作を思いだしていた。

PLAYBOY

28

知らない女と……

目がさめたら俺は裸で、知らない部屋のベッドにいて、夕方になったことを知らせるチャイムが遠くのほうで鳴り響いていた。枕元に俺のメガネが置いてあったが、レンズにヒビが入っている。

あーあ。やっちまった。

でもメガネをかける。整頓はされているが、部屋のかなりの調度品がプラスチックで出来ている六畳ワンルーム。テーブルには、ラップのかかったサンドイッチが置いてあった。

〈おはよう！ たくさん汗をかいたせいか、カゼはよくなった気がする＼(ﾟoﾟ)／ゆっくりしてってねー。Ｐ.Ｓ. ボキャブラリーがすごくて感動!!〉

そんなメモがある。手書きなのに顔文字つき。でもお互いの名前は添えられていない。汗をかいたのか……。そして「ボキャブラリー」って……。何を言ってたんだろうか、俺。記憶が抜けている。

タイムカードには厳しくない広告制作会社とはいえ、何の連絡もせずに丸一日サボってしまった。こんな時間まで他人の部屋で眠ってしまうとは。俺としたことが。どうかしてる。

昨夜というか今朝、指圧師の女性に帰り際、「風邪なら早く帰ってゆっくり休んだほうがいいですよ」と声をかけたことは覚えている。「なんなら今度、俺のほうが逆にマッサージしてあげましょうか」とかって、調子のいい社交辞令を言ったことも、記憶の片隅にある。

ああ、それで吉祥寺に住んでるんですという彼女の部屋に来て、しこたま飲んだのか。

ほんとうに俺、彼女の胸とか、マッサージしちゃったんだろうか。

指圧マッサージを受けているとき、うっかり寝てしまって気持ちよさを味わえず、損した気持ちになることがあるが、そんな感じだ。

携帯の着信、十三件。メールも、うんざりするくらい届いていた。

エアコンが付けっぱなしになっていたため気づくのが遅れたが、カーテンの外は雪が降っている。

佐々木瞳が田舎に帰ったらしい、という慌てた文面のメールは、舞子からだった。国友からの着信記録があったので折り返して、

「……国友、何か知ってるんじゃないのか？」

と言ってみたが、

「…………いえ」

電話の向こうで沈黙するばかりだった。

各方面に連絡をとりつつ、勝手にお湯をわかして、インスタントコーヒーをいれた。ハム

とチーズのシンプルなサンドイッチは美味しくいただいたけれども、湯冷めしそうだし、シャワーは借りないで部屋をあとにした。迷ったけれども、書き置きはしなかった。

もう雪はやんでいた。瞳は雪国の出身だったっけ……。

俺の押し付けたエロＤＶＤを見た国友が、瞳をなじったのではないだろうか。そして「ばれん」に入会できなかったことを瞳に聞いて、八つ当たりしたり……。場合によっては、国友の童貞は、瞳に奪われたのかもしれない。

そう考えると、いてもたってもいられなくなって、携帯でリダイヤルしていた。国友に会って、確かめなくてはならない。

だるい。風邪をひいたのかもしれない。

CHERRY BOY

29

伊賀さんのメガネ……

伊賀さんの「大切な話」って何だろう……。不安な気持ちで僕は、吉祥寺に向かった。瞳さんのことだろうか。やっぱり瞳さんは、伊賀さんにひどいことをされて、それで田舎に帰ってしまったのかもしれない……。

ブックオフの前に自販機があるから、そこに着いたら、携帯に電話しろと言われている。

「もしもし伊賀さん？　国友です。今、自販機の前に着きました」

「そこで、上のほうを見ろ。斜め四十五度」

言われたとおり上のほうを見ると、窓際の席で伊賀さんが片手を上げていた。なるほど。Hun Lahun……ここが「フンラフン」という名前のカフェか。階段をのぼって、明かりを落とした店内に行くと、伊賀さんはなぜかメガネを外して手でいじっていた。

「どうしたんすか、メガネ……」

「レンズ、ヒビ入った。かけてると目ざわりでイライラするからな」

僕はストロベリーシェイクを頼んだ。伊賀さんは何かあたたかくしたお酒を飲んでいる。

「伊賀さん、メガネないほうが……男前っすね」

正直な感想を言ったのだが、伊賀さんは不満そうだった。

「嘘つけ。おまえが言うと、いやみなんだよ！」

「や、ほんとですよ！」

無精髭のせいか、いつもより男らしい感じに見える。ちょっと寝癖もついてるし……。

「俺はなあ、『伊賀さんて、メガネがないと何か足りない顔ね』って笑われるから、女とセックスするときもずっとメガネしてんだよ！」

「そ、そうなんすか……すみませんでした」

「そこで謝られると、余計むかつくんだよ!!」

……すごい剣幕。きっと伊賀さんは瞳さんのことも、こんなふうに激しく責めたんだ。瞳さんのおっぱいも乱暴に扱って……。もしかしたらおっぱいの谷間に、伊賀さんの……。

ああ！　僕はなんていやらしいことを考えてしまうんだ！　瞳さん、ごめんなさい……。

伊賀さんはさっきからニヤニヤして僕の顔を見つめている。メガネなしの伊賀さんて、なんだか、やらしい……。

テーブルに置かれたストロベリーシェイクをストローで一口飲むと、パインの味がした。

「ぱい…ぱいん？」

「おまえ、やらしいこと言うなよ！」

伊賀さんがまたニヤニヤした。

「ち、ちがいますよ……。これ、なんかパインの味がするんです」

必死に言いわけをしたら、おしゃれな服装のウエイターさんが、

「これ、パイン果汁も少し入ってるんですよ」

と、笑った。

「国友、おまえ、ツタヤのＤＶＤどうだった？」

伊賀さんが、急に神妙な顔になった。ＤＶＤプレイヤー持ってないから観なかったなんて、言ったら殴られそうだ。

「最高でした」

とっさに嘘をついた。

「………それだけ？」

伊賀さんは、拍子抜けしてるみたいだった。

「も、ものすごい興奮して、眠れなかったっすよ！　あの、返却期限が迫ってたから、僕が直接ツタヤに返しておきましたけど、……まずかったっすかね？」

伊賀さんはみるみる険しい表情になった。

「べつにいいけど……」

なんだか、動揺してるような雰囲気だ。そんなにひどいこと言ったかな、僕……。

伊賀さんはタバコに火をつけて、ため息みたいに煙を吐き出したあと、意を決したように僕にきいた。

「……おまえさ、ああいうのに出演する女のこと、どう思ってる？」

……どう思ってるって、言われても……。伊賀さんの目は、血走っていた。

PLAYBOY 30

国友ってやつは……

「……おまえさ、ああいうのに出演する女のこと、どう思ってる？」

国友は数秒ほど沈黙してから、やけに棒読みな感じで言った。

「いやあ、ありがたいことだなって……」

「ほんとに？……ほんとに、それだけか？」

「なんでこんなきれいな人が、平気で脱いだりしちゃうんだろうとかって、驚く気持ちは正直ありますけど……」

俺は、混乱した。国友のやつ、瞳に気づかなかったのだろうか？……いや、そんなはず、絶対にない。

エロDVD出演くらいで大慌てする俺は、古い人間なのか？　最近の若者たちにとっては、あんなの、電車の中で大人のキスをする程度の恥ずかしさなのか？　それとも、瞳から何もかも聞いていて、今さら驚かないのか？

「伊賀さん。この話はもうやめませんか。僕たち、もう、いい大人なんですから……」

真剣な顔でまっとうなことを言われて、もう引き下がるしかない。

しばらく気まずい沈黙が続いた。俺は窓の外を眺めたが、視界がぼんやりしている。

「……瞳のやつ、大丈夫なのかな。あいつも大人なんだし、リスクを覚悟した上での行動だろうけどな……」

瞳は、「ばれん」の事務的なことを、少しずつ後輩歌人に引き継いでいたらしい。うっかり者なところはあっても、歌づくりもサボらないやつだった。なのに、エロDVDに……。

「瞳さん、田舎に帰って、何するんでしょうね……。僕、瞳さんに、自分の気持ちをもっと伝えればよかったです……」

「気持ちって？」

「伊賀さんに言うと、からかわれるだけだから、言いません」

「おまえ瞳のこと、好きだったんだろ？　あいつのいろいろなこと、知っても平気なのか？」

「知ってますよ。そんなの気にしません。瞳さんだって気にしてませんでしたよ。そんな些細なことをいちいち気にするのは、きっと伊賀さんだけっすよ」

俺は、絶句した。

「……ずいぶん、立派な口をきくようになったじゃねえか……」

圧倒的な、敗北感……。そうかよ。女をそこまで深く愛せるのかよ。

俺が思うよりも、国友は大人なのかもしれない。そうだよな、イタリア育ちだし、いくら童貞といっても、女とつきあったことくらいはあるんだろうな。

「伊賀さんすみません、偉そうなこと言って。瞳さんは伊賀さんのこと、憎めないって言ってました」

国友にエロDVDを貸したりしたことも、瞳は全部わかった上で、ゆるしてくれてるのか。田舎に帰った理由は、ほかにもあるんじゃないかと思えてならないが、きっと多くのことを自分ひとりで背負って、覚悟して東京を離れたのだろう。そんな女のことを、いったいだれが責められるのか。せこい自分のことが、急に恥ずかしくなった。

「悪かったな、国友。おまえ、顔に似合わず、男らしいよな……。きょうはもちろんおごるから、なんでも食えよ」

「……じゃあ、お言葉に甘えて」

俺たちは砂肝の香りいため、オクラ南蛮、野菜のぞうすい、ペペロニピザ、スリランカのビールなどなど、どんどん注文した。

「国友の短歌、これから俺が個人指導してやるよ。おまえ、悔しいけど、才能あるから」

「ありがとうございます！　伊賀さんにそう言ってもらえるなんて光栄なことだと、最近わかってきました！」

「生意気なやつだな！」

「伊賀さんに学んだんですよ！」

ふたりで、顔を見合わせて、笑った。だるさはすっかり消えていて、風邪を予感していたのが嘘のようだ。

まるで幸福な未来が待っているんじゃないかと、うっかり信じてしまいそうな夜だった。

「……そうか」

CHERRY BOY 31

三人で池袋へ……

〈日曜日の午後三時、とにかく荻窪駅に来い。丸ノ内線の改札前にいる。伊賀寛介〉

そっけない携帯メールの指示どおりに、待ち合わせ場所に着いたら、覚悟はしていたけれど舞子先輩も一緒だった。少し気まずい。伊賀さんはきょうもメガネをしていなかった。

「……コンタクトの伊賀さんて、なんか別人みたい。何かが足りない顔、っていうか」

ふふふ、と舞子先輩は無邪気に笑ったが、きっと伊賀さんは内心むっとしてるんだろうなと僕はハラハラした。

きょうは、丸ノ内線で遠回りして、池袋まで行くという。

「えーっ、荻窪から池袋って……丸ノ内線の端から端までっすよ？」

「だって……デートだもん。ゆっくり話、したいし」

舞子先輩はひたすら嬉しそうだ。デートだったら、ふたりきりですればいいのに……。

とはいえ、池袋にある詩歌専門書店に、僕を連れていくというのが主な目的らしい。

「ま、そういうことだから、よろしくな」

……伊賀さんも、まんざらでもなさそうだ。瞳さんがいなくなったのは悲しいけれども、あの騒動のおかげで、伊賀さんとの距離は急速に縮まったような気がする。なんていうか、男同士の絆で結ばれた……なんて、言葉にすると、気恥ずかしいけれども。

伊賀さんが僕に観せたがっていた女教師もののDVDも、今度また借りて観てみようと思っている。よくよく考えてみたら、妹にノートパソコンを借りれば、一応は観られるんだった。あのときは、エロDVDを観たいという気持ちが、足りなかった。口うるさい妹に、頼み事をするのは面倒だけど、ここはひと踏ん張りだ。「裸のつきあい」じゃないけど、やっぱり男同士って下半身の部分でつながらないと、互いに信頼感を持ちにくいのかもしれない。

そんなことを考えながら、電車のシートで伊賀さんと舞子先輩がいちゃいちゃしているのを、横目で見ていた。舞子先輩は瞳さんのことを、伊賀さんの前では話さないようにしているみたいだ。その気持ちはわかったのだけれど、僕はちょっぴり意地悪な気持ちになって、わざと瞳さんの話題を口に出してみた。

「舞子先輩は、瞳さんとは、そんなに親しくなかったんですか？」

舞子先輩は一瞬ひるんだ目をした。でも、すぐに笑顔になって、

「そんなわけ、ないじゃない」

と言った。

「……ただ、瞳さんのほうが『ばれん』では先輩なの」

「……国友は、瞳に惚れてるんだよな」

伊賀さんが口を挟む。

「いいじゃないっすか、今そんな話！」

僕は慌てた。

「何言ってるの、国友くんが先に言ったんじゃない」

舞子先輩と伊賀さんがニヤニヤしている。

あーあ。やぶへびだった。僕は観念して、直球の質問をしてみた。

「伊賀さんは、そもそも、舞子先輩のどこが好きなんですか？」

「好きなとこ……自己評価が低いところ、かな」

わりと即答だった。

「舞子は、短歌もまあまあだしな。俺、才能に惚れるタイプなんだ」

「……そのくせ『才能が自分より上の女には、たたない』とかって、いけしゃーしゃーと言うのよ。ひどい差別！」

「しょうがないだろ、下半身の問題なんだから。格が上の与謝野晶子とやり続けた与謝野鉄幹、まじで偉いと思うよ。鉄幹て、マゾだったのかもな……」

「晶子が鉄幹を尊敬してたからでしょ。鉄幹だってあの時代には立派な歌人だったし、今でも鉄幹のほうがいい歌人だって、言う人は言うよ」

……僕にはよくわからない話を、ふたりは、いきいきと話していた。取り残されたような気分だ。

PLAYBOY 32

メガネ美女のセリフ……

「いれるの上手ですね」
「いれるの上手ですね」
「いれるの上手ですね」

メガネの似合う美女のセリフが、俺の頭の中でリフレインしている。慣れないコンタクトレンズが気になって、さっきからずっと、うわのそらだった。ここんところ仕事が忙しかったたから、極度の睡眠不足だし。

舞子や国友に話しかけられると、俺の明晰な言語脳はすらすらと返事を吐き出すのだが、じつはあまり考えないで、自動的に話していた。

そういえば高一のときだったたな。国語の授業中に突然さされた。俺は友達と話していたから先生の言うことをろくに聞いてなかったのに、質問の答えはわかった。

「……ソネット」

反射的に思いついた単語を発音したら、先生は驚いた顔で、

「正解だ」

と言った。クラスの皆は一瞬あっけにとられて爆笑。その日から俺のあだ名は「ソネッ

ト」になった。詩歌には子供のころから興味を持っていたほうだが、「ソネット」と呼ばれる高校時代がなかったら、短歌は始めていなかったかもしれないと思う。

今さっき、

「何かが足りない顔」

というフレーズを舞子が口にしたような気がするが、そら耳だったかもわからない。

きのう、メガネ屋にレンズの修理を頼んだついでに、使い捨てコンタクトを試してみた。眼科医に相談しないとコンタクトは売ってもらえないと聞いていたのだが、じつは眼科医は店の中にいて、その場で検査をしてもらえた。

眼科医はもちろんのこと、メガネ屋の店員は男女とも、全員がメガネだった。

「男の人にしては、いれるの上手ですね」

と、メガネの似合う美女店員は言った。

「……男は、下手なもんですか？」

「女性のほうが、思い切りがよいと申しますか……自分のからだをいじるの、慣れてるんでしょうか。初めての男性は、なかなかいれられないことが多いです」

「へえ。そういうもんですか……」

お試し用のレンズを両目ともいれてみた。メガネとちがって、視界が広々としている。

「ちょっと明るい気分になりますね」

鏡の中に笑いかけると、

「そうでしょう？」

メガネ美女は自分のことのように嬉しそうだった。

「ただ、こんなことを店員のわたしが言ってしまってはいけないのかもしれませんが、お客様、メガネがものすごくお似合いですよね。コンタクトにしちゃうのが、もったいないくらいメガネの似合う顔です。……言われませんか？」

「よく言われます。でも、コンタクトも欲しいので、一カ月ぶん下さい」

……そんなこんなで俺は、似合わないコンタクトレンズと、メガネ美女の電話番号を手にいれた。

さすがにその日のうちにセックスはしなかった。

あの一件があってから、例のマッサージの店には行けなくなってしまったし。

考えてみれば、マッサージの店の会員証をつくるとき、自宅の住所も電話番号も店には伝えてある。フルネームもろくに覚えていない指圧師（たしか苗字は「上戸」だったと思う）が、俺に対してやたらと無防備だったのは、たぶんそのせいもあるのだ。

俺はこれからはもっと慎重になろうと、心に誓った。あのメガネ美女とも、ゆっくりお近づきになろう。

俺の内心のつぶやきも知らずに、きょうの舞子は妙に嬉しそうだ。国友と何か話している。

三人で丸ノ内線にゆられながら、俺は、ここととは別の何かを夢みていた。

CHERRY BOY 33

伊賀さんの短歌講義……

新宿で一気に人がおりて、車内がガラあきになった。僕が勇気を振り絞って大学ノートをかばんから取り出すと、伊賀さんの目が輝いた。舞子先輩も一緒にノートを覗きこんでいる。

政治家になる人たちは政治家をめざしてしまうような人たち

政治家は大なり小なり政治家になろうと思うような性格

「……この歌なんすけど、考えてるうちに、どっちのほうがいいのかわからなくなって」

ページを指差して言うと、伊賀さんが舞子先輩に、「おまえはどう思う？」と尋ねた。

「……わたしは、こっち。『人たち』が繰り返されてるほうが、シャープで面白いと思う」

「僕も最初はそう思って、でも読み返してるうちに、なんか印象が悪いような気がして……」

伊賀さんは小さな声で、ふたつの歌を何度か口ずさんでいる。

「『大なり小なり』が字余りで八音になってるし、もたついてるかな。でも俺だったら、自分の気持ちに近いほうを選ぶよ。傷がない歌よりは、俺のたましいが傷つかない歌を残す」

「……僕の気持ちに近いのは、『大なり小なり』のほうなんです」

「まあ、読者にウケるほうを選ぶ、というのもひとつの態度だとは思うけどな。それはおまえが自分で決めろよ。俺はどっちも『あり』だとは思うよ」

すると舞子先輩が、手帳用の細いシャープペンを僕から受け取り、さらさらと歌を書いた。

痛いのを我慢できない友人が死んでしまった　セデス百錠

百錠は飲み過ぎだった　痛いのを我慢できないあなたにしても

「まえにわたしが詠んだ歌なんだけど、こっちの『セデス百錠』のほうが先に出来たの。五百田先生は、固有名詞がつかわれてるほうが面白い、っておっしゃったんだけど」

「『飲み過ぎだった』のほうが絶対いいって、俺が主張したんだよな。『ばれん』の中で、俺ひとりだけだった」

「わたしは迷って、いろんな人にきいてみたんだけど。歌人はたいてい『セデス百錠』を支持して、短歌をつくらないクラスメイトたちは『飲み過ぎだった』のほうを面白がる傾向があって、不思議だった。じつはセデス百錠飲んだのはわたしなんだけど、それを友人の話ということにして安易に逃げてるから、この『セデス』のほうはやっぱり失敗作だと思うの」

「実際には死ななかったのに『死んでしまった』って、エキセントリックに表現しているとこも、だめだと思うな」

……舞子先輩と伊賀さんは淡々と話したけれど、僕はぎょっとしてしまった。けれど詳しい事情をきいてはいけない気がして、何も言えなかった。

実体験にフィクションを混ぜて歌を詠むとき、どこまでの嘘がゆるされるんだろう？　たとえば実際にはなかった「友達の死」を切実に描いた作品は、読者としてどう評価すべきなんだろう？　そんなことを考えていた。

「僕は『飲み過ぎだった』のほうが好きです。舞子先輩のこの歌、すごくいいですね」

「ありがとう」

「まあ、短歌っていうのは、作者イコール読者イコール評論家だからなあ。小説みたいに、作品を味わうだけの読者なんて、短歌界にはいないんだよ。短歌に慣れれば慣れるほど、ぶ格好で意味不明瞭な歌のほうが面白いような気がしてくるんだよな」

「そうなんすか……」

僕は伊賀さんたちの話を聞きながら、素直に感動してしまった。短歌って、奥が深い。

それにしても正直、舞子先輩の短歌を読んで面白いと思ったのは、今回が初めてだった。

自分は舞子の才能に惚れたんだと、伊賀さんは言った。僕は舞子先輩のことも、瞳さんのことも、外見ばかり見ていたんじゃないか……。そう考えると、自分という人間の底の浅さが、恥ずかしく思えてならなかった。

PLAYBOY 34

国友は塚本を……

池袋は西口に東武百貨店、東口に西武百貨店がある。

エスカレーターで西武のリブロブックセンター三階へ行くと、詩の本の店「ぽえむ・ぱろうる」は、昔とまったく同じように存在した。十代の頃、ここに毎週のように通っていた。

「わ、すごいっすね、この店！」

国友が期待以上にびっくりしているので、俺は、ほくそ笑んだ。

「……詩歌の本て、こんなにあるんすね！」

詩、短歌、俳句、川柳、そしてマニアックな漫画……。昔のほうが品揃えは充実していたような気がするが、店のたたずまいはそれほど変わっていない。

「国友くん、ここ、『ばれん』のバックナンバーもあるよ……」

同人誌を並べてある雑誌コーナーで、舞子が立ちどまる。

「……と思ったけど、今は品切れみたいね」

昔の俺の本棚は、この店の棚とそっくりだった。やがて重荷になってきた本たちを、後輩にあげたり古本屋に売ったりした。本棚は持ち主の心の中のように、からっぽになってしまった。

国友は無言で、短歌コーナーを見つめている。表紙が布で出来た豪華歌集や、複数の歌人の代表作を一冊にまとめたアンソロジー。

まだ結社に所属していなかった頃、東京で歌集を探したいと思ったら、この店から始めるしかなかった。今は毎日のように歌集が送られてくる。住所を非公開にしているのに、いったいどこで調べるのだろう。

「俺の友達の詩人が、言ってたんだけどな……」

本を手に取っては棚に戻している国友が、俺の顔を見る。

「詩集って、全国で百冊も売れたら、大成功なんだってさ」

「百冊っすか……」

いちいち目を見ひらいて驚く国友の初々しさが、いじらしい。

「何かのまちがいみたいに時々、商業的に大成功する詩集や歌集もあるけどな。そういう例外は逆に、この店とかでは冷たく扱われてるんだ。ここは、弱者の味方だから……」

他界したばかりの前衛歌人、塚本邦雄の本や関連雑誌が、レジ近くのスペースに大々的に平積みされていた。

「ほら、国友くんも短歌やるなら、まずツカモトから読まないとね」

舞子が先輩風を吹かせて言った。

「いや、べつに、読まなくていいんじゃん？」

俺は反射的にそう言ってしまい、自分の言葉に自分で驚いていた。

「……舞子さ、ほんとうに今、国友が塚本邦雄を読むべきだと思う？」

「え……、だって伊賀さんでしょ、『ツカモトくらい読んどけ』って、わたしに言ったの」

「……ごめん、俺がまちがってた。謝るよ。読まなくていい。読むな。うっかり読んでしまったら、読まなかったことにしてくれ」

「……伊賀さん、それ、全然笑えないよ……」

舞子は憮然とし、国友は、きょとんとした。

「……国友は生きてるやつの本を読めよ。死んだやつは、これ以上新しい歌をつくらないんだから、もう安心だ。ほんとうに必要なら、後追いすればいいんだし」

……俺は睡眠不足のあまり、口からでまかせを言ったのだろう。だが口に出してしまうと、あんがい正解なのではないか、そんな気がしてならなかった。

そのあと国友は時間をかけてたくさんの歌集を立ち読みし、数冊を買おうとしたが、俺がやめさせた。

「そんなのなら、俺が持ってるから、貸す。それより詩集とか句集とか買えよ。川柳も都々《どど》逸《いつ》もあるんだし……」

本好きを自慢する心は、さもしい。人はただ、「必要」だから読んでしまうのではないか。威張るようなことではない。単に臆病で、それなしではいられなかったから、多くの本を読んでしまっただけだ。少なくとも、俺の場合は、そうだった。

……けれどそんな本音は、国友にも舞子にも、言わないでおいた。

CHERRY BOY

35

伊賀さんのよだれ……

帰りも丸ノ内線だった。三人並んでシートに腰かけたとたん、

「わるいけど俺、寝るから」

と宣言して、伊賀さんは眠ってしまった。

「……疲れてたんだ。わたしたちも黙っててあげよう」

舞子先輩がそう言って、僕はうなずいた。

最初は舞子先輩のほうに肩を寄せて眠っていた伊賀さんが、だんだんと僕のほうに体重をかけてきたので、困ってしまった。

ぐいぐいと、舞子先輩のほうへ伊賀さんを押し戻すようにしてみたが、すぐにまた、こっちへ倒れてしまう。

伊賀さんはちょっとだけ口をあけていて、はっきり言って、おばかさんに見える。かわいそうだから、がまんしてあげることにした。

夕ごはんはカフェで伊賀さんがおごってくれた。有名なイラストレーターが経営しているお店らしく、おっぱいみたいにも、おちんちんみたいにも見える不思議な形の白い椅子が二脚だけ置いてあって、ほかはふつうの椅子だった。僕だけが不思議な椅子にすわらされた。

伊賀さんの命令で。

「わはは、この椅子、国友に似合うんじゃないかと思ってたんだ!」

「かわいいよ、写真撮ろうよ、写真!」

おっぱい的おちんちん椅子の上で困惑する僕の姿を、舞子先輩が携帯で撮影した。

そのことばかり印象に残っていて、おいしかったはずの料理の記憶は、薄れてしまった。

……車内はそこそこ混んでいて、見ると舞子先輩も目を閉じていた。僕はしばらくぼーっとしてから、「ぽえむ・ぱろうる」で帰りぎわに一冊だけ発見することができた、「ばれん」の古いバックナンバーを読むことにした。

ざらざらの紙をホチキスで綴じただけの小冊子だけれど、文字はパソコンのものではなくて、昔ながらの活字みたいな雰囲気だ。そっけなくて、かっこいい。五百田先生が自らレイアウトを指定しているのだと、伊賀さんが教えてくれた。字はかなり小さい。ぱらぱらとめくっていたら、佐々木瞳、という名前が目に入って、どきっとした。

佐々木瞳『していないピアス』

何もないところで転んだ時とかは何を恨めばいいのでしょうか

手についた犬の匂いをいつまでも嗅いで眠りたいそんな雨です

治りかけの傷のかゆみでまた君に懲りずに逢いに行きそうになる

裏道の残雪わざと踏みつけて痛みを拡散させてる帰り

してもないピアス確かめてばかりいる　今日で君には逢えない気がする

……目が釘づけになった。

瞳さんのおっぱいに目が奪われたときよりも、もっと強烈な衝撃。

もしかしたら、この歌を詠んだ頃の瞳さん、伊賀さんとつきあってたんじゃないか。

……そう思うと急に呼吸が苦しくなり、僕の肩に重くのしかかっている伊賀さんのことが、またちょっとゆるせなくなった。僕は「ばれん」を閉じた。

と、ちょうどその時、ポケットの中の携帯がぶるぶるっと震えた。メールが届いたのだ。

僕は携帯を手に取った。見ると舞子先輩も起きて、僕と同じように携帯を持っていた。

「あれ？　おまえたちも？」

伊賀さんまで目をさまして、おりたたみ式の携帯をひろげている。

三人に、同時にメールが届いたのだ。

〈「ばれん」の皆様〉

そういうタイトルのついたメールだった。

〈一斉送信で、ごめんなさい。何も言わずに東京を離れてしまい、皆様にはご迷惑をおかけしました。わたしはどうにか元気でやっています。田舎に帰ったわけは、いずれ皆様にも自然に伝わると思うので、その日を待ってください。お別れの一首です。

遠くから手を振ったんだ笑ったんだ　涙に色がなくてよかった　――佐々木瞳〉

PLAYBOY

36

さよなら瞳……

晩飯は池袋コミュニティ・カレッジの中にある、小林カツ代の店「ピスタチオ・カフェ」でと考えていたのだが、二年くらい前に閉店したらしく別の店になっていた。そういえば吉祥寺にあった小林カツ代の店も閉店した。カツ代に何があったのだろうか。

結局、ジュンク堂書店の裏手にある「cafe pause」に入った。俺と舞子はチキンのソテーとパンとコーヒーのセット。国友はスーププレート。ハートランドビールやホットワインをついついおかわりして飲んでしまい、丸ノ内線のシートに腰かけたとたん、強烈な眠気が襲ってきた。

「わるいけど俺、寝るから」

そう言って目をつぶってみたものの、なかなか寝つけなかった。

「……疲れてたんだ。わたしたちも黙っててあげよう」

舞子が余計なことを言った。国友と舞子がどんな会話をするのか、こっそり聞いてみたかったのに……。最初は舞子のほうに肩を寄せて、眠ったふりをしていたが、徐々に国友のほうに体重をかけていった。ふふふ、こいつ困惑してるな。

国友の力でぐいぐいと舞子のほうへ押し戻されたので、俺はすぐにまた国友側へ倒れた。

俺は、少し口をあけてみた。きっとアホづらに見えるだろうが、ここまでやれば国友も俺に同情して、優しくしようと思うにちがいない。

おっぱいのようにも、ちんちんのようにも見える白い椅子に、国友が腰かけている姿を思いだして、笑いそうになる。

俺は、寝る前の儀式を始めた。妄想力を最大限に発揮し、精いっぱい、いやらしいことをイメージしていくのだ。

国友はあの白い椅子に縛り付けられて動けない。この場合の国友は、あえて服を着ていたほうが面白いだろう。そのかわり俺は裸で、ベッドに横たわっている。俺の乳首のあたりを中心に、指圧師の上戸さんが丹念にマッサージしている。と同時に舞子が、俺の下半身をなめてくれる。そして電話番号だけ教えてくれたメガネ美女が、俺の眼球をぺろっとなめて、コンタクトをはずそうとする。そんな自分の恥ずかしい姿を、童貞の国友に見せつけることで、俺の興奮は最高潮に……。じつに素晴らしいイメージだ。

うっすら薄目をあけて様子をうかがうと、国友は俺のめくるめく妄想も知らずに、「ばれん」のバックナンバーを真剣に読んでいた。

いつのまにか俺は眠りに落ち、とても短い夢をみた。

瞳が全裸で、ロデオボーイにまたがっている。そこへ金色の髪をなびかせた五百田案山子がやってきて、おごそかにロデオボーイのスイッチをいれる。次の瞬間ロデオボーイは、ロデオボーイでありながら同時に生きた白馬でもある存在となり、上に乗っている瞳の胸を激しく揺らす。さっそうと走り去っていく、ロデオボーイでありながら同時に生きた白馬でもある存在に乗った佐々木瞳……。それを追いかけて遠ざかっていく国友克夫……。転んでしまった国友を指差し、笑い転げる須之内舞子と伊賀寛介……。

……はっとして目ざめると、携帯のバイブレーターが動いていた。メールが届いている。

遠くから手を振ったんだ笑ったんだ　涙に色がなくてよかった　　――佐々木瞳

メールの文末に添えられていた一首を読み、今の夢は正夢だったのだと俺は思った。舞子と俺と国友は、三人そろって携帯を手に持ち、それぞれ顔を見合わせた。

「さよなら！」

瞳が遠くで叫んでいる声が、聞こえてくるような気がした。

（みづどりの第二章　終）

うばたまの第三章

CHERRY BOY

37

瞳さんの裸……

大学をサボって、吉祥寺をぶらぶらした。

今、僕の胸にはふくらみすぎた紙風船みたいな空洞があって、それは、くしゃみをしたくらいで割れてしまいそうだった。

告白もしてないのに、失恋した……そう考えるべきなんだろうか？　瞳さんはきっと、僕の気持ちには、とっくに気づいてたと思う。井の頭公園の、スワンボートの上で。でも僕には、何も言わずに、行ってしまった。伊賀さんには、たぶん何か、話してたんだろうな……。

そんなことをぐるぐる考えながら、パルコの階段を一階までおりる。唐突に、自分のことを自分で突き飛ばしたいような、いたたまれない気持ちになった。

あ、短歌になりそう。

階段をおりる自分をうしろから突き飛ばしたくなり立ちどまる　　――国友克夫

苦しい気持ちは、五七五七七のリズムにのせると、とたんに他人事みたいになって、ほんの少し心が軽くなる。

パルコを出たら、ツタヤの看板が目に入った。ＨなＤＶＤでも借りてみようかと、ふと思いつき、それはわりと、いいアイディアであるようにも思えてきた。

瞳さん、ごめんなさい……。僕はこれからエロＤＶＤを借りて、瞳さんの裸を想像しながら自分で自分を慰めようとしている、どうしようもないチェリーボーイなんです……。

アダルトコーナーは、壮観だった。

伊賀さんが僕に貸してくれた、あの女教師もののＤＶＤ……タイトルは、覚えていない。仕方ないので、とりあえず巨乳の女優さんが出ていて、パッケージが派手で目立っていたやつを、適当に三枚選んでみた。

レジに並びながら、男の店員に当たりますようにと祈ったけれど、運わるく自分と同い歳くらいの、可憐な女の子に当たってしまった。

「当日か一週間、どちらにしますか？」

「当日。あ、やっぱ一週間にします！」

顔が熱くなった。

これから阿佐ヶ谷の部屋に帰ってスピーディにあれこれして、またすぐにＤＶＤを返しに来る元気なんてないから「一週間」にしたのだけれど、こんなものを一週間もしつこく見続けるのだなと、同世代の女子に思われてしまうのは屈辱的だった。

だけど屈辱的であることは、今の自分に似合うような気もした。

そんなに期待しないで借りたつもりだったのだけれど、阿佐ヶ谷に向かう電車の中で、僕は自分のあそこが硬くなっていることに気づいた。その硬さを意識しながら、家に帰り着く。

妹の若芽は、まだ学校のようだ。

若芽に一言ことわってから借りるつもりだったノートパソコンだけれど、勝手にいじってしまうことにした。深く傷ついている僕は、このくらいの悪いことはしてもいいはずだと、都合のいい理屈を自分に言い聞かせつつ、パソコンを自分の部屋へ移動させる。

スイッチをいれたら、画面いっぱいに、メガネをかけた男の画像がばーんと出てきたので驚いた。名前は知らないけれど、テレビで人気の、若手芸人だったと思う。

ああ。若芽のやつ、こんな男がタイプなのか……。

画面のメガネ男は、よくよく見ると、伊賀さんに似ているような気もする。とくに、眉毛の感じが……。これは危険だ。伊賀さんと若芽は、絶対に会わせないようにしよう。兄として、妹を守らなくては……。

そんなことを心に誓ってから、ＤＶＤを差し込むと、自動的に再生が始まった。

PLAYBOY 38

瞳のいない東京……

いいかげんに仕事をやっつけて深夜、舞子の部屋に寄った。

今、俺の全身は風船の中に閉じ込められていて、じわじわと空気がぬけていっているのがわかる……そんな気分だ。それはもちろん、瞳が東京から突然いなくなったことが、自分とまったく無関係だとは思えないせいだろう。

ふたりでシャワーを浴び、ベッドに並んで腰かけて、缶ビールを飲む。食欲がなくて晩飯も適当に済ませたのだが、性欲もないようだ。舞子が俺のものを、愛おしそうに口にふくんでくれる。


先っぽをしゃぶってもらう時にだけ愛されてると実感できた　　――伊賀寛介

あまりに長い時間しゃぶり続けてくれたもので、そんな短歌が、頭の中に生まれた。だけど俺のものは、硬くなったかと思ったらまたすぐに、ふにゃふにゃになってしまう。

「……ごめん。きょうは、やめておこうか」

舞子はやめなかった。

さらに俺のふくろをいじったり、一生懸命やってくれるので、余計しょんぼりした。

しゃぶるのをやめては俺がどんな顔しているのかを確かめる君　――伊賀寛介

またもや短歌が生まれてしまった。舞子は実際には、しゃぶるのをちっとも休まなかったのだけれど……。

俺はサービス精神が旺盛なので、セックスのときにも、相手の喜ぶ顔が見たい。自分の快感が二の次になっても、相手本意の動きをするよう心がけている。

よく、若い男は激しいピストン運動をすればするほどいいと思っているようだが、じつはそういうものではない。激しく動かすよりも、ゆっくりとでいいから、付け根のところを丹念に、体重をかけて押し付けるようにする。

そのほうが女の側は気持ちがよいのだと、昔つきあった年上の女が教えてくれたのだ。

それから、男はどうしても体位をころころ変えたがるが、じつは女はひとつの体位を、しつこいくらいに続けたほうが落ち着いて快感にひたれるらしい。物理的な刺激よりもむしろ、話しかけたり抱きしめたり、精神面のつながりを大切にしたほうが効果がある。

……個人差はあるのだろうけれど、今のところ俺はそんな方法でセックスをしてきて、自分ではまあまあ巧いほうなのではないかと、うぬぼれているのだ。

しかしながらセックスの善し悪しを、女が正直に教えてくれることなんて、まれだ。

舞子は体位を変え、俺の乳首をなめ始めた。手が俺の股間に伸びる。俺は申しわけ程度に舞子のからだをいじっていたのだけれど、今夜はいっそ、マグロになってみることにした。

「……してほしいこと、ある？」

舞子が言った。

「助けて……」

俺は即答していた。

「何を？」

「なんだかわからないけど、苦しくて……」

舞子は黙ってしまって、自分の口をふさぐように、また俺のものを口に含んだ。

「きょうは、ちゃんとしようとか、考えないでいいよ」

舞子はまるで、短歌の枕ことばについてアドバイスするかのような調子で、言った。

「このまま出していい？」

俺がきいたら、舞子がくわえたまま頷いたので、ひっぱられて痛かった。

俺はいったん舞子をベッドの上に寝かせ、口をあけさせて自分のものをつっこみ、自分から腰を動かしてみた。一度はやってみたいと思っていたけれど、遠慮があって、なかなかできなかったのだ。果てる瞬間、

「カツオがマグロになる」

……くだらない言葉遊びが、頭に浮かんだ。

CHERRY BOY

39

若芽があぶない……

「一週間」で借りたＤＶＤは結局、当日のうちに返却した。いろんなところが、すりきれそうだ……。もちろん、また新しいのを借りてきたけれど、そっちはまだ観ていない。

バレないように気をつけたはずなのに、妹の若芽は、僕がノートパソコンをつかったことに気づいてしまった。

「もう、ありえなーい！　おにい、最低‼」

若芽は僕のことを、おにい、と呼ぶ。両親が仕事の都合で海外に住んでいるため、僕ら兄妹はふたり暮らしだ。

「ご、ごめん……。まえに話した短歌の会の伊賀さんが、ＤＶＤを観ろって貸してくれたから、観ないわけにはいかなくて……」

「何それ。適当なこと言わないで！」

「ほんとだよ！」

厳密に言うと微妙な嘘が混じってるのだが、まあ、大筋はまちがっていないと思う。

「じゃあ、伊賀さんという人に電話してみてよ。あたしが話してみるから」

「そ、それはやめたほうがいいよ！」

若芽！　かわいいおまえの身を守るためなんだ、わかってくれ！

「ほらー。やっぱ嘘なんでしょ」

「嘘じゃないって」

僕が必死になっているとき、携帯が鳴った。よりによって、伊賀さんからだった。

「おう、国友！　約束の連作、もう出来たか？」

連作というのは、短歌をたくさん並べてつくる、ひとかたまりの作品のこと。瞳さんの『していないピアス』も連作だ。１＋１＋１＋１＋１＝５以上……に見えるように、並べ方を工夫する必要がある。

「短歌の並べ方って、難しいっすよね」

若芽がそれを聞いて、横から口を挟む。

「もしかして今電話で話してるのが、伊賀さん？」

僕は、頷くしかなかった。

「おにい、電話貸して！」

「やめろ！」

僕は思わず声を荒げてしまった。

「国友、そばにいるの、妹さん？」

「すみません。ちょっと取り込んでるので、あとでまた電話します」

「電話、代われよ」

「え、だめっすよ……」

「代われったら！」

若芽が、僕の携帯を奪った。

「もしもし？　伊賀さんですか？　あたし妹の若芽です」

若芽は携帯を持って自分の部屋に駆け込み、鍵をかけてしまった。

「あけろよ！　あけろ若芽！」

ドアに耳をつけて、会話の様子をうかがう。

「……えーっ。はい。えーっ。……ほんとですかあ？　はい。わかりました。……はい。ええ、そっくりです」

いったい、何を話してるんだ……。

「いえ、こちらこそ。どうぞよろしくお願いします。……はい。楽しみにしてます。ではでは。おやすみなさい」

若芽がドアをあけて、携帯を僕に差し出す。

「……伊賀さん、何だって？」

「ＤＶＤ貸したのはほんとだから、おにいさんを責めないでやってくれ、だって」

「な、ほんとだっただろ？　……あとは、なんだって？」

「ひ・み・つ！」

若芽が、不敵な笑みを浮かべた。

PLAYBOY 40

若芽ちゃんと約束……

俺はあれからマグロになってしまった。

舞子に呼び出されて部屋に行っても何もする気が起きず、ぼんやりしていると舞子が勝手に俺のものをいじり始め、しゃぶってくれる。舞子はあっというまにコツをつかんで巧くなり、俺はどんどん舞子に借りが出来ていくような気がする。

もう少しで果てそう、というとき、携帯が「君が代」のメロディを奏でた。国友からだ。

「もしもし。何だよ？」

俺の下半身は、ふりだしに戻ってしまった。

「伊賀さん、妹の若芽のことなんすけど……」

「ああ、若芽ちゃんとデートの約束したからな」

「い、いつですか！」

「そんなこと、お兄さんにご報告する必要、あるんですかねえ？」

「だって……」

電話の向こうで真っ赤になっている国友を想像すると、胃のあたりが熱くなる。舞子が舌先でなめるのをやめないので、また元気になってきた。

「こ、高校生ですよ！　そうだ、犯罪です！」

うん、犯罪だ、犯罪じゃないすか？　未成年者だし法律で罰せられますよ。

国友の必死さに笑いそうになるが、それをこらえて淡々と言う。

「お兄さんを悲しませるようなこと、しませんよ。ちょっとしか」

「しないでください！　一切しないで！」

「しない、しない。たぶん」

ふと視線をそらすとベッド脇にある大きな鏡に、ニヤニヤする自分が見えた。きょうはメガネをかけている。上半身は服も脱がず、下半身だけ露出しているので少々まぬけだ。

「伊賀さん、まじめにお願いしますよ……。僕のことは、からかってもいいです、いくらでも。でも妹に何かするのは勘弁してください……」

国友がいつまでも話しているので、俺はスイッチも切らずに携帯をベッドの上に置いた。いきそうだったからだ。舞子のてのひらに、だらだらと出した。ふたりでティッシュをつかって片づけをしながら、顔を見合わせて少し笑う。携帯を手に取ると、もう切れていた。

「あんまり、いじめないであげてよ」

「そんなこと、舞子に言われたくないと思うよ……国友も」

そう切り返したら、また舞子が俺のものをいじり始めた。

「あんまり、いじめないで」

「いじめてないよ、可愛がってるだけ」

「俺だって、そうだよ」

いじめることと、可愛がることは、本質的には同じなのかもしれないと思う。相手を自分より下に見ているから、いじめたり、可愛がったり、したくなるのだ。

ふと、舞子は最近、俺のことを「下」に見るようになったのではないか、と思いつく。

俺のことを徹底的に甘やかすことで、逆に自分のコントロール下に置こうとしているのかもしれない……と。

「コーヒーいれるね。コンビニで買った、紙パックのだけど」

舞子が台所に立ったので、俺も立ち上がってパンツをはくことにした。眠い。

携帯が短く鳴った。国友からのメールだ。

〈伊賀さんへ。妹に会うときはメガネをかけないであげてください。メガネ男にふられたばかりで、メガネに拒絶反応を起こすらしいんです。伊賀さんと妹がデートするのはガマンしますが、せめて若芽に楽しい思いをさせてあげたいんです。伊賀さんはメガネなしのほうが男前だと思います。伊賀さん、尊敬しています。信じています。国友克夫〉

いつもより甘くしたコーヒーを飲みながら、舞子にそのメールを見せて感想をきいた。

「わたしはメガネかけた伊賀さんのほうが好き。でも国友くんは感覚がちがうみたいだし、これ、本気なんじゃない？」

「……本気のやつって、たち悪いよな」

鏡の中のメガネ男が、そう言っていた。

CHERRY BOY

41

若芽を守ろう……

朝、電話がかかってきた。若芽はまったく起きず、僕が出た。

「克夫っ！　元気ぃ？」

母だ。

「はい、元気ですよ」

母と話していると調子が狂って、つい丁寧語になってしまう。

「若芽はどう？」

「元気みたいですよ、今は」

「今は……って？　まえは元気なかったの？」

「まえも今も、ちゃんと元気ですよ」

でも、これからは。伊賀さんにふりまわされて、元気がなくなるかもしれない……。

それから母は一方的に自分たち夫婦の近況報告をまくし立て、電話を切ってしまった。

明け方に電話を寄越したのは時差があるからだろうと思っていたが、今は旅行で韓国にいるという。向こうは今、何時ごろなんだろう。まったく、母の言動は読めない。妹や母のことさえわからないのに、舞子先輩や瞳さんのことなんか、わかりっこないよ。

このまま自分は一生童貞なんじゃないか、そんな気がしてくる。電子レンジ専用のコーヒーをいれる道具で、自分のぶんだけのコーヒーを用意していたら、若芽が起きてきた。

「あたしにも、ちょうだい！」

「……伊賀さんとデートするのやめるなら、あげる」

反射的に、そんなことをすらすら言ってしまう自分にびっくりだ。

「じゃあ、いらない！」

即答する若芽も若芽だ。

「知ってる？　伊賀さん、彼女いるんだよ」

僕は、とても基本的なことを、わざわざ口に出して言ってみた。

「知ってる。べつに彼女になりたいとか思ってるわけじゃないもん。大人の男の人と、デートしてみたいだけ！」

……僕は何を言っても無駄な気がしてきて、砂糖とミルクをいれたコーヒーを若芽にあげてしまった。朝食は紙パックの野菜ジュース一本。

天気がよかったので、自転車で大学へ行くことにした。

＊

春休みのすいている図書館で、短歌雑誌を眺めた。

相変わらず、載っている短歌はちっともわからないけれど、何度も名前を見る歌人がいる。きっと有名な歌人なんだろうと思った。

「国友くん！」

背中から声をかけられて、振り向くまでもなく舞子先輩だった。

「短歌、勉強してるの？」

「いえ、なんとなく見てるだけです」

つっけんどんな言い方になってしまった。

「あ、伊賀さんは元気ですか？」

気まずさをごまかそうと、余計なことを言ってしまう。

「それが、あまり元気ないみたい……」

意外な返事だった。元気ない伊賀さんて、どんななんだろう？

元気ない……という言葉から、ちょっとHなことも想像してしまう。

「でも国友くんの妹とあしたデートするんだって、はりきってたよ」

「えっ……」

そんなことまで舞子先輩に話してるのか。

「舞子先輩……伊賀さんに浮気されて、怒んないんすか？」

「怒ってどうにかなるもんなら、とっくに怒ってるよー」

語尾をのばして、平気そうな感じで笑う舞子先輩……。

「それに法律にふれるようなバカな真似は、しないって言ってたし」

「ほんとかなあ……」

舞子先輩が隣に腰かけただけで、いちいち動揺してしまう自分がいやだ。

「国友くんの妹だから、それで興味あるんじゃないかな」

「……どういうことですか？」

「伊賀さんは結局、国友くんに興味あるんだよ」

「そうかなあ」

「そうだよ……」

ほんとうは伊賀さんは、伊賀さん自身にしか興味がないんだと思った。でもそんなことを言ったら、だれもが同じかもしれないから、僕は黙ってしまった。

PLAYBOY 42

若芽ちゃんと公園で……

日曜日は若芽ちゃんの希望で、井の頭公園の「橋の真ん中」で待ち合わせることにした。ただでさえ吉祥寺に人が集まる日曜日だ。こんな場所でデートするなんて若者すぎる選択かなとは思ったが、若芽ちゃんは正真正銘の若者なのだから、まあ、仕方ない。

橋を渡りきったところには、ボート乗り場がある。ここのボートに乗ったカップルは別れる、という言い伝えがあるにもかかわらず、きょうもたくさんのカップルが池をゆらゆらとさまよっている。

「なんか当たり前だよね……その言い伝えって。だって、どんなカップルも、別れるものね。いつか、必ず」

……いつだったか、舞子が言っていた。

正論だ。若いカップルの行く末には、別れるか結婚するか、二つに一つの結末しかない。めでたく結婚したとしても、別れる夫婦は、別れる。末永く幸せに暮らした老夫婦だって、死ぬときは別々だろう……心中でもしないかぎり。

雨は降らないと天気予報では言っていたものの、あいにくの曇り空だ。約束より十五分も早く来てしまったから、短歌でも詠んで時間をつぶそうと思った。

……思ったのだが、ちっとも短歌が生まれてこない。きのうの土曜日に、五百田案山子と交わした会話ばかり思いだしてしまった。

＊

きのうは歌会ではなかったのだけれど、五百田ビルヂングの二階のカフェで、あたたかい加賀棒茶を飲んでぼんやりしていた。すると偶然か、俺が来ていることを店長が言いつけたからか、案山子がカフェにふらりと顔を出したのだ。

「あ、師匠……ご無沙汰してしまってます」

大慌てで、とってつけたような挨拶をする。

案山子は俺の向かいに腰かけ、ローズヒップティを注文してから、

「あの子は元気なの？」

と言った。

「あの子……って？」

「ほら、須之内舞子が連れてきた男の子」

「ああ、国友ですね。あいつはひとりで今も短歌つくってますよ」

俺は、きくまいと誓っていたことを、思いきってきいてみることにした。

「師匠……どうしてあいつを『ばれん』に入会させなかったんですか？」

案山子はまっすぐ俺の目をみて、ねばねばと口をひらいた。

「……どうしてもききたい？」

俺は、たじろいだ。やっぱりきいたらまずいことだったのか……。

「あのね……、顔よ」

案山子は、言った。

「顔が、嫌いなの」

俺は最初、冗談だと思ったのだが、そのあと案山子の話をよくよく聞いてみると、ほんとうに顔が理由らしかった。

「だって俺とかより断然ハンサムじゃないですか？　あいつ」

憮然として俺がそう言うと、

「ばかね、だからノンケって、ばかなのよ」

案山子が師匠らしからぬ甘えた口調で言い捨てたので、俺はただただ面喰らっていた。

「人は整った顔を好きになるわけじゃないのよ。愛するところなんて、いびつなところに決まってるじゃないの。そんなこともわからないで男やってんの？」

「……すみません」

ローズヒップティをテーブルに置くとき、店長が俺に目配せした。あれは、どういう意味だったのか。

俺にはわからない。

女心も。

男心も。

おかま心も……。

＊

約束の午後二時になった。

さっきから向かい側に立っている、純和風の重たい前髪の少女が、にこにこしながら俺に近づいてくる。

「……あの、もしかして、伊賀さんですか？」

えっ。ということは、この少女が……。

「あ、伊賀ですが」

「あたし、若芽です」

えーっ。似てないよ、まるでちがう……。

「きょうはメガネじゃないんですね」

前髪の奥の目が、黒々と輝いている。俺は動揺を必死で隠し、

「あ、伊賀寛介です。どうぞよろしく」

……右手を差し出した。

近くでじっくり見ると、たしかに目や鼻などのパーツは国友克夫とよく似ている気もするが、そのバランスがもう全然ちがう。

ブスと呼ぶのは酷だが、美少女と呼ぶことも到底できない顔だ。

こんなオチかよ……。

俺は生きていくのが突然いやになった。

CHERRY BOY

43

若芽がおかしい……

日曜日、伊賀さんとのデートから意外と早く帰ってきた若芽は、自分の部屋に閉じこもってしまった。僕は若芽のパソコンをつかってＨなＤＶＤを観るつもりだったので心で舌打ちしつつ、それどころではない若芽の様子に、おろおろするばかりだった。

「若芽！　晩飯はどうするの？」

「いらない、おにい、勝手に食べてて！」

あんなに釘をさしておいたのに、伊賀さん、若芽に何かしたんだろうか……。

かわいい若芽に、もしものことがあったら……。僕は伊賀さんという人間を、いい方向に解釈しすぎていたかもしれない。ふと思いついて、若芽の携帯にメールしてみた。

〈兄です。伊賀さんに何かされた？〉

……五分くらい経って、僕の携帯が鳴る。

〈妹です。伊賀さん、優しく、してくれました。〉

僕は、どきっとした。「優しく」と「してくれました」のあいだに、点があるのはなぜだ？　もしかしたら、若芽……優しく、伊賀さんに、されてしまったのか!?

僕は気持ちを落ち着けるため、別の角度から質問を投げかけてみることにした。

〈伊賀さん、メガネやめて、コンタクトだった？〉

するとと若芽から、すぐに返信が。

〈最初、コンタクトだったけど、ボート乗る前に、メガネにしてくれたの。ステキだった、はーとまーく〉

妹と僕は携帯の機種がちがうので、若芽はいつも絵文字のかわりに「はーとまーく」とか書いてくる。ったく、かわいい妹よ……。

しかし伊賀さん、若芽がメガネ好きと気づいて、わざとメガネに替えたんじゃないか……。やっぱりプレイボーイは、やりかたが汚いよ……。

〈ボート乗ったんだ？　どんな話をしたの？〉

息をのんで返信を待っていたが、なかなか届かなかった。そして、

〈おしえてあげない！〉

という短いメールが届いて、そのまま若芽からの音信は途絶えた。

僕は、眠れなかった。ツタヤで借りてきたＤＶＤを観ることもできず、悶々と寝返りばかり打って。思い余って、伊賀さんにもメールしてみた。

〈若芽の兄です。きのうは妹に優しく、してくださってありがとうございました。だけど途中でメガネをかけるなんて約束違反じゃないですか。男の約束だったのに……〉

すると、伊賀さんから真夜中なのに電話がかかってきた。

「もしもーし、きのうは、ごちそうさまでした！」

僕は伊賀さんのペースに巻き込まれないよう、慎重に切り返す。

「若芽は食べ物ではありません。なんか、とても優しく…してくださったようで」

「……何おまえ、その言い方。へんな間をいれるなよ。何もしてねえよ！　ふたりで、なめたりしただけだよ」

な、なめたり……!?

「ふたりでソフトクリームをな！」

「……わざとでしょう？　今わざと倒置法で話したでしょう？」

怒りのあまり、声がちょっぴり震えてしまった。

「倒置法なんて難しい言葉、よく知ってたな、帰国子女のくせして」

「帰国子女をばかにしないで！　差別です！　あと、メガネをかけないで！」

「メガネをばかにするな！　メガネかけたら若芽ちゃん、大喜びだったぞ。おまえ嘘ついたな？」

……嘘をついたのは本当なので、ばつが悪かった。

「すみません。若芽が伊賀さんのこと好きにならないようにと思って……。若芽のやつ、メガネ男子フェチらしいんです」

「メガネ男子フェチぃ!?　おまえ、それ早く言えよな！　バカ兄！」

そう言って伊賀さんは電話を切ってしまい、もう、こちらからかけてもつながらなかった。

PLAYBOY 44

ごめん若芽ちゃん……

月曜日というだけでも憂鬱なのに、ひとりで明け方まで飲んでいたから二日酔いだった。俺はいったい、何を期待していたんだろう。国友克夫の妹である若芽ちゃんが、もし兄に似た美少女だったら……。俺は若芽ちゃんと交際することで「自分はホモじゃない」と証明できる、そんな下心があったのかもわからない。じつに情けない。プライドはないのか。もともとそれほどご立派な人間ではないと自覚はしていたものの、そんなアリバイづくりみたいな感じで、デートの相手を選んだなんて。若芽ちゃんにも国友にも謝りたい気分だった。ケント紙の上に、定規と「カラスぐち」で、何本も何本も細い線をひいていく。パソコンで仕事をしている今、実際にはほとんど役立たないスキルなのだけれど、昔から行き詰まると細い線をたくさん書きたくなる。デザイナーとして未熟だった頃、先輩デザイナーに言われて特訓に特訓を重ねて身につけた技なのだ。力を加減して、細く、限りなく細く……。

＊

吉祥寺がいいと国友が言うので、待ち合わせ場所は「紅珠苑」を指定した。

吉祥寺に多い、古き良き喫茶店のひとつで、でも店の看板には「CAFE」の文字。メニューには「カフェオーレ」とか「コーラー」とか書いてある。

「コーラーって、語尾を伸ばして言わないと、店長が激怒するんだ」

少し遅刻してきた国友に、そう小声で嘘を教えたら、

「じゃあ、僕は、コーラーをお願いします!」

……国友が真顔で店長に伝えたので、俺は飲んでいた「カフェオーレ」を吹き出してしまった。なんで俺は国友をみると、からかいたくなるんだろう……。最近は女といちゃいちゃするより、国友をおちょくってるほうが楽しいくらいだ。

「若芽ちゃん、どうしてる?」

「どうもこうも……部屋にこもって、出てこないっすよ……」

国友はもう俺を責める気すらしないらしく、ひたすらしょんぼりしている。まるで「コーラー!」と叱られた子供のようだね……という駄洒落を言いたくなったけれども我慢した。

「バレンタインのプレゼントでもつくってるんじゃないのか?」

とっさに適当なことを言ってみたのだが、あんがい、その線もなくはないのではないかと思えてくる。

「バレンタイン……」

国友もちょっとだけ、まにうけている。

「そういや、俺たちの結社がなんで『ばれん』ていうか、聞いたか?」

「いいえ……。でも版画につかうバレンですよね？　それくらい僕だって知ってますよ、帰国子女をばかにしないでください」

キッとした目になって国友が言う。

「それがちがうんだよ。じつは『バレンタイン』から来てるんだ、『ばれん』は」

「またまたァ……。もう、伊賀さんの冗談は、いちいちオヤジ臭いっすよ！」

俺は、むっとした。

「ほんとなんだよ！」

国友は、信じない。

「じゃあ、今から舞子先輩に電話して、きいてみちゃいますよ」

「ああ、きいてみろよ、俺が正しかったら、ここの会計はおまえ持ちな！」

「いいっすよ！」

国友は勇んで電話をかけた。舞子と話をする声のトーンが、だんだん下がっていく。

「……え、まじっすか……信じらんないっすよ……」

俺だって初めて聞いたときは信じられなかった。「ばれんたいん」という伝統ある結社が「ばれん」と「たいん」に分裂し、「たいん」のほうは創設者の死によって解散、「ばれん」だけが生き残った……なんていう話は。

CHERRY BOY 45

伊賀さんに連作を……

吉祥寺「紅珠苑」で、僕はコーラーを、伊賀さんはカフェオーレを飲みながら、短歌の話をした。

若芽があの日曜日から、ずっと部屋に引きこもっていることについては、あんまり話すことができなかった。

だけど結社「ばれん」の名前がバレンタインから来てるなんて、衝撃だったな……。

「だから『ばれん』では毎年、バレンタイン歌会をやるんだ。いつもの歌会とは少しちがって、最後に『ばれんの気鋭』を選ぶんだよ。ベスト・オブ・ザ・イヤーっていう感じかな」

伊賀先輩が話すと、どんなことでも冗談みたいに聞こえてしまう。でもそもそも、短歌というものが今の時代においてはほとんど冗談みたいな存在だから、しょうがないのかもしれない、とも思う。

「じゃあ、バレンタイン歌会では、バレンタインにちなんだ短歌を競い合うんですか？」

僕は、素朴な疑問を口にした。

「いや、そういうわけでもないんだ。そもそもバレンタイン・デーって、聖バレンタインが殺された日なんだよ。チョコレートを贈るとか、そんなのは日本のお菓子メーカーが考えたイベントだからさ……」

伊賀さんはひとしきり、バレンタイン・デーに関するうんちくを語っていたけれど、僕はぼんやり聞き流した。なにしろ、僕の短歌ノートには、バレンタイン・デーをイメージして詠んだ連作が書いてあったんだ。

国友克夫『破廉恥の隣』

辞書をひきバレンタインが破廉恥の隣にあると気づいている日

チョコレート！　きみも一緒に聞いてくれ「好きだ」以上の言葉を探せ

最悪のバレンタインだ もし君が俺に笑ってくれなければ

かわききるくちのなかまでしみとおるゆうきさえないのがプレゼント

毎日がバレンタインであったなら「イエス」「ノー」だけ言えばいいけど

ふれあったところがとけてどこまでが君か僕かがなくなればいい

恋人はいてもいなくてもいいけれどあなたはここにいたほうがいい

最後までいかずに眠る僕たちのつながっている部品いくつか

大学ノートに縦書きで書いた短歌を見せたら、伊賀さんは恐い顔で読んだ。

「おまえ、これ、だれかに読ませた？」

作品を推敲する段階では、できるだけたくさんの友達に読んでもらえというのが伊賀さんの口癖だから、友達に見せましたと答えたほうがいいのだろうとは思ったけれど、正直に答えた。

「いえ。伊賀さんが最初の読者です」

伊賀さんは、ますます恐い顔になった。

そして冷めてしまった「カフェオーレ」をごくごく飲み干して、ノートの一枚をびりびりっと、やぶり取った。

「な、何するんすか、伊賀さん！」

僕もきっと、恐い顔になっていたと思う。

「いや、悪いようにはしないから……。これ、俺が預かるよ」

悪いようにはされなくても、伊賀さんのいいようにされるのもいやだな……と僕は思った。

PLAYBOY 46

瞳のチョコレート……

二月十四日の夜にマンションに帰ると、宅配便を自動的に受けつけてくれるロッカーの中に、俺宛の貢ぎ物がたくさん入っていた。

……やれやれ。仕事関係の義理チョコもわりと多めにもらうほうだが、毎年この季節は憂鬱だ。べつにチョコレートは嫌いではないのだが、頼むからひとりの男が食べられる適量というものを、考えてもみてほしい。

世界中の女よ！　俺にチョコレートを贈る前に、会議でもしておいてくれ!!

どうせならバレンタインには、チョコではなく米を贈る習慣が根づけばいいのにと本気で思う。日本なんだし。結婚式の「ライスシャワー」というものもあるわけだから、イメージ的にも決してわるくない。

という主張を今度、「ばれん」のエッセイコーナーに書こうかな、なんて考えながら、宅配便の封を部屋でひとつひとつあけていった。

ほとんどが歌人からで、メッセージカードに短歌が添えられているものが多いが、胃にもたれそうで読む気もしない。沖縄の荒木更紗からも届いている。

〈伊賀寛介様、お元気ですか。わたしは伊賀さんのことを想うと胸が苦しいです。今のわた

しの気持ちを詠んでみました。〉

という部分だけをちらっと見て、カードは包装紙と一緒にゴミ箱にいれてしまった。どうせ歌人たちは、たとえ恋人に贈った短歌であっても、それをいずれ結社誌などに発表する。そのときに目を通せばいいやと思う。

驚いたのは、佐々木瞳からも届いていたことだ。それには短歌は添えられていなかった。もっと驚いたのは、「上戸千香」という見覚えのない名前で贈られてきたチョコレートだ。ポストカードが添えてある。

〈伊賀寛介様。じつは時々、吉祥寺で姿をお見かけしているのですが、声をかけそびれております。あれから店を移り、今はもっぱら出張で施術しています。体がつらいことがあったら、いつでもお電話ください。サービスしますよ。いろんな意味で。指圧師の上戸千香〉

読んでいるうちに、肩が急に重くなった気がした。

ポストカードの表面は青空の写真で、よく見ると薄い水色の文字で何かが書いてある。

　さわるべきところではなくさわりたいところばかりをさわってしまう

……これは、短歌だ。しかも、面白い。

ポストカードには電話番号と携帯メールアドレスが添えてあったので、メールしてみることにした。

〈こんばんは。チョコと歌ありがとう。歌人だったの!? 伊賀寛介〉

返信は、すぐに届いた。

〈メールうれしい! 短歌は生まれて初めてつくりました。恥ずかしいデス…＼(~o~)/上戸千香〉

……顔文字ときたか。そういえば彼女の部屋に置いてあった手紙は、手書きなのに顔文字つきだったっけ。

〈なんで? なんで短歌を? 伊賀寛介〉

俺はあの晩、記憶が飛ぶくらい飲んでいたから、自分で話したのかもしれない。

〈ごめんなさい。伊賀寛介という名前でネット検索したら、顔写真つきのインタビューが出ていたので……。短歌、すてきですね。ますますファンになりました。今度、個人教授してください。色々なことを!! 上戸千香〉

俺は、あっけにとられて携帯の画面を見つめた。あの晩は彼女の部屋で全裸になったはずなのに、それよりも今この瞬間のほうが百倍恥ずかしい……そう思った。

CHERRY BOY 47

店員Aさんが……

若芽のパソコンでHなDVDを観ようと思ったら、パソコンに鍵がかかっていた！正確にいうと、ジュラルミン製のパソコンケースにノートパソコンが仕舞われていて、それに鍵がかかるようになっていたのだ。

もともと若芽の持ち物だから仕方ないのに、僕は我慢ならなかった。ツタヤで借りた新作の巨乳女教師ものも、返却期限を一日オーバーしてしまったから、観ないで返しても追加料金をとられてしまう。

このやり場のないもやもやを、いったいどうしたらいいんだろう。


ついてないわけじゃなくってラッキーなことが特別起こらないだけ　——伊賀寛介

という伊賀さんの代表作が思いだされる。

僕は吉祥寺に向かった。

ツタヤは阿佐ヶ谷にもあるのだけれど、品揃えが微妙にちがうので、この新作はわざわざ吉祥寺で借りたのだ。

延滞料金を払うため、レジに並ばなくてはならなかった。男がレジを担当しているところに当たりますようにと神様に祈っていたのに、よりによって、ちょっと気になっているショートヘアの女の子に当たってしまった。

あーあ……。

「僕、これ、観てないんです！　無実なんです！」

そう叫びたい衝動にかられた。われながら、自意識過剰だと思う。

「三百円になります」

事務的な感じで女の子が言った。その金額を手渡そうとしたとき、女の子が気の強そうな瞳で、僕の目をじっくり見た。

自分の顔は今、わかりやすく赤くなっているだろうと思う。

若芽のパソコンをつかえない以上、もうDVDを借りても仕方ないので、サンボマスターの新譜を借りることにした。彼らほど僕ら童貞の気持ちをわかってくれているロッカーはいない。

改めてレジに並ぶとき、さっきの女の子に当たりませんようにと祈っていたら、冗談が好きな神様のはからいで、やっぱりその女の子に当たってしまった。

サンボマスターは大好きだけれど、できれば気になる女の子には、サンボマスターを聴いていることは内緒にしたかった……。

内心そんなふうに思っていたということを、心の中でサンボマスターに、そっと謝った。

青い袋に詰められたCDアルバムを受け取って、店を出るとき、なんだか袋が妙に分厚いことに気がついた。

あれ？

あけてみると、小さな包みが入っていて、僕は自分の心臓の鼓動が高くなっているのをはっきり自覚していた。

これ、チョコだ！

歩きながら包みをあけると、小さい箱だが明らかに高級品とわかる、猫の舌のかたちのチョコレートが入っていた。カードも添えてある。

〈国友克夫さま。いつも当店をご利用いただき、ありがとうございます。とってもイケメンさんなのに、彼女いないのかなーと、いつも気になっていました。店員たちのあいだでも、カツオくんは有名人…。わたしは19歳のフリーターです。よかったら今度、カフェでお茶でもどうですか。店員A〉

僕はカードの文字を何度も読み返した。

今この瞬間ほどの恥ずかしさは、今までの人生で味わったことがない……そう思った。

PLAYBOY 48

国友の連作を……

バレンタイン歌会は、バレンタイン・デーの数日後の土曜日に開催された。

チョコは、めぼしいものだけ何度か朝食がわりに食べてみたが、一向に量が減らないのでまとめて実家に送ってしまった。なのに五百田ビルヂングの最上階の部屋に入ったら、紅茶と一緒に色とりどりのチョコが並んでいて、さすがに勘弁してほしかった。

部屋の中心に位置する五百田案山子も、いつになく華やいだ声で若手たちに軽口を叩いている。

俺はもう「気鋭」と呼ばれなくなって久しいけれど、きょうの歌会の結果を気にしている若手は多い。

いつもの歌会とちがうところは、一首単位ではなく、連作単位で評価されるところだ。そして最優秀作品に選ばれると、その連作は五百田案山子の解説つきで「ばれん」に掲載される。それがきっかけで、本屋で買える有名短歌誌から、声がかかるようになることもある。

いつもの歌会と同じところは、作者名が伏せられた状態のプリントが配られ、それをもとに皆が侃々諤々《かんかんがくがく》する、というところだ。ただし、連作なので当日に作品を持参するのではなく、事前に事務局に送っておく。

そう……。俺は今回、自作のかわりに、国友克夫の連作を提出したのだ。もちろん国友克夫の作品であることは、だれにも言っていない。

それにしても連作は、題名だけ眺めていても、作者の力量があっというまにバレてしまう。

ゴディバよりチロルが美味いという人と舌をからませ悔やんでません
　　　　　　——連作『チロル・キッス』より

チョコくれる奇特な方と連れ立って　小春の頃に戻れないかな
　　　　　　——連作『小春の頃に』より

甘ったれた恋なんてもう夢みない　カカオ１００％の決心
　　　　　　——連作『カカオ１００％』より

もしうまくいってもだめだったとしても2月なんてまだ新しい年
　　　　　　——連作『新しい2月』より

勝たされただけの気もするけどいいの　ちよこれいとであなたにとどく
　　　　　　——連作『ぱいなつぷるであなたとさよなら』より

裏切りの気分でわたすチョコレート　友達なんて思ったことない
——連作『裏切りの日』より

「チョコなんか嫌いだからな」言われても言われなくてもあげませんけど
——連作『好き好き大嫌い』より

チョコレート　持ち帰れないあなたから別れのコトバ言うべきでしょう？
——連作『バイバイバレンタイン』より

いくつもの渡せなかったチョコなどを食べて私は大きくなった
——連作『食べ過ぎ』より

……ざっと読んで、俺の目にとまったのは、こんな歌たちだ。
国友克夫『破廉恥の隣』の一人勝ちだ……俺は、そう確信した。

CHERRY BOY

49

伊賀さんがチョコを……

猫の舌のかたちをしたチョコレートは、甘くておいしかったけれど、それを自分の舌の上に一枚のせるたびに、にがい気持ちになった。

「うわあああああ！」

添えられていた手紙の文面を思いだして、恥ずかしさのあまり大声を出したりもした。

「おにい、夜中に、なに叫んでたの？」

今朝、朝飯を食べるとき、久々にちゃんと顔を合わせた若芽に心配されてしまった。

「なんでもない。若芽こそ最近、元気か？」

兄らしい気遣いを見せてみた。精いっぱい。

「……ふつう」

若芽は気のない返事をして、僕が自分用にいれておいたコーヒーをまた勝手に飲んだ。牛乳をどばどばいれて。

でも、そういえばバレンタインの夜には、若芽からも義理チョコをもらったのだった。子供の頃、イタリアで「日本みやげ」として食べた、アポロチョコレート。円錐のとんがった部分がいちご味。

〈おにいへ。だれからもチョコもらわなかっただろうから、オナサケで、あげます。若芽〉

……だれからもチョコをもらわなかったほうが、まだマシだったよ、と思った。アポロチョコは、まだ、封を切っていない。

もう一杯、コーヒーをいれながら、考えた。

僕には親友がいない。顔見知り程度の友達はたくさんいるけれど、春休みにわざわざ電話したりして恋愛相談できるような親友はいないのだと、こういうとき改めて気づかされる。

それは僕が濃いハーフ顔で帰国子女で、お高くとまってるように見えるからなのか。ハーフなのは生まれつきなのに……。

そして帰国子女だけど童貞なのに……。

手紙のことを舞子先輩や伊賀さんに相談したら、からかわれるだろうか。

……案外、まじめに相談に乗ってくれるような気もするけれど、やっぱり恥ずかしい。

しかし、僕がエロＤＶＤばっかり観てるってことが、店員さんのあいだで有名になっていたとは……。

それだってきっと、僕がハーフ顔だったせいで、印象に残ったんだと思う。

あーあ。

とんだバレンタインだった。

よくよく考えたあげく、僕はもう、あの吉祥寺ツタヤには行かない……という結論に達した。ＣＤは返却ＢＯＸに入れておこう。

とっても品揃えが充実していて、いい店だったんだけど……。

＊

携帯電話による伊賀さんの、ちょっと乱暴なナビで辿り着いた「foo-ang 風庵」という店は、吉祥寺のツタヤの近くだった。

伊賀さんは窓際の席で、ビールを飲みながら、ぼんやりしていた。

「あれ？　メガネ、変えました？」

……返事はなし。

僕はあんまり食欲がなかったので、メニューは伊賀さんにおまかせした。おごってくれるっていうし。

アサリとゴボウのフォー、小海老と野菜のグリーンカレー。僕はベトナムコーヒー。伊賀さんはハートランドビールをもう一杯。

注文を済ませた伊賀さんは、おもむろに包みを差し出した。

「これ。バレンタイン」

PLAYBOY 50

国友に瞳の愛を……

「これ。バレンタイン」

ムーディな暗さの「風庵」の席で、国友にチョコレートの包みを渡した。

「なんすか、今ごろ……」

国友は、わかりやすく、いやそうな顔をした。

「瞳からもらったんだ。やるよ。俺はほかにもたくさんもらったから……」

これだけは実家に送らずに、残しておいたのだ。

国友が、さらに顔をしかめる。傷ついた顔コンテストで優勝できそうな、屈辱に満ちた表情になった。

「……こ、これは伊賀さんがもらったんだから、伊賀さんが食べればいいでしょう! 瞳さんの気持ちも考えてあげてくださいよ」

「捨てるよりは、いいだろ? いらないなら、捨てるよ」

「捨てるくらいなら、僕、もらいます!」

想像していたとおりの反応を国友がするので、俺は、たいへん満足した。狙っていた女をうまくホテルに連れ込めたときでも、こんなにすっきりした気持ちにはならない。

「でも瞳さん、元気だったんですね……よかった」

国友に言われて、それはたしかによかったと、俺も思う。

「でもカードも何も添えられてなかったよ。封も一回あけてみたけれど、手紙は入ってなかった」

「えーっ、封あけたんすか……じゃあ食べればよかったのに。伊賀さん甘いものわりと得意でしょう？」

「おまえとちがってな、ものすごいたくさん届いたんだよ、チョコ」

国友はちょっと何か言いたそうにしていたが、カレーを小皿に取り分けて、ひと皿を俺に差し出し、黙って食べ始めた。

あまり沈黙が続くのも気詰まりなので、

「なんか猫のベロのかたちのチョコだったな、瞳からの」

と俺が言ったら、

「えっ……」

国友は、何かまずいものでも食べたかのような顔になった。

「猫のベロのかたち……かわいいぞ。箱にも猫が描いてあって」

「猫の絵の、ベロのところがチョコレートになってるんすよね」

……なんだ。知ってたのか。

こいつも、こう見えてけっこうモテてるのかもしれない、と思う。いやいや、最近は俺の指導のせいで服装もまあまあちゃんとしてるし、もともと素材はいいんだし、モテて当たり前か。

俺はフォーを小皿に取り分けて、ひと皿を国友に渡した。そして冷めないうちに、黙々と食べてしまうことにした。

バレンタイン歌会で、国友の連作は賛否両論だった。

「一人称が『俺』だったり『僕』だったり一貫してない。二人称も『あなた』だったり、『きみ』だったり……音数に合わせて、いいかげんに詠んでるとしか思えません」

ある女性歌人が、そう手厳しく批判した。

「男は時と場所に応じて、俺と言ったり僕と言ったりするものです。あと、『あなた』と『きみ』は別々の相手のことだと思う」

俺がそう反論したら、場がざわめいた。

「そんないろんな相手がいる男は最低です！」

「たとえ最低の主人公だとしても、それは作品の善し悪しとは関係ない」

……そんなくだらないやりとりをしてから、開票してみたら、国友の『破廉恥の隣』は一票差で二位だった。でも、五百田案山子が最後の最後に、

「わたしは、『破廉恥の隣』。これが抜きん出ていたと思うわ」

と言った。

CHERRY BOY

51

伊賀さんと夜空を……

結局、ふたりで無口に晩飯を食べただけだった。

あと、伊賀さんが瞳さんのチョコ（よりによって猫の舌の）を横流ししてくれただけ。

田舎に帰った瞳さんが元気なのかどうか、伊賀さんは興味がないんだろうか……。

若芽とのデートがどうだったのか、すごく気になったけれど、僕から質問するのも気がひけて、ついにその話題にはならなかった。

「風庵」は、電車がなくなる時間まで営業している店だそうだけれど、僕はおとなしく終電で帰ることにした。

「伊賀さん、なにか大切な話があったんじゃないすか？」

駅までの道をふたりで歩きながら、僕は、きいてみた。

「……ひらがなで『きみ』って書いたり、漢字で『君』って書いたりしたのは、理由があんの？」

「え？」

伊賀さんがいきなり変なことをきくので、一瞬、何の話かと思った。

「ああ、『破廉恥の隣』のことですか。それは、ひらがなで『きみ』って呼びかけたり、漢字で『君』って呼びかけたり、気分によってちがうでしょう？　その気分の差を表現してみたかったんですよ」

「じゃあ、『あなた』が混じってるのは？」

「あ、そもそもあの連作って、主人公がひとりじゃないんですよ。いろんな男が、いろんな女の子に、呼びかけてるようなイメージでつくった連作なんです」

伊賀さんは、ちょっと意外そうな顔をした。

なんか僕、非常識なこと、言っちゃっただろうか……。

「あのさ国友。短歌は一人称の文学だって話は、したよな」

「はい。歌の主人公は、歌の作者とイコールで捉えられるのが普通なんですよね」

「そう……」

「だけど、ひとつの連作で、いろんな主人公がいたら面白いんじゃないかって、思ったんすよ」

「たしかに、それがありだった時代もあるし、そういうの、試みた現代歌人もいるんだけどな。やっぱり歌の主人公は、作者だと思って読まれるんだよ。歌壇では」

「そうなんすかね……。短歌の世界ではそうかもしれないっすけど……」

伊賀さんは、僕に苦言を呈しながらも、なんだか嬉しそうだった。

「でも僕、『ばれん』にも参加してないし、ひとりで短歌つくってるし、いいんすよ……。短歌の世界のルールなんて」

伊賀さんは僕に何かを言おうとして、やめたみたいに見えた。

メガネの奥の目を細めて、夜空を見上げたりしている。

僕も見上げてみた。街が明るすぎて、星はそんなに見えない。

「そうだ、伊賀さん、メガネ変えたんですよね」

僕は、さっき伊賀さんがスルーしてしまった質問を、もういちど繰り返してみた。

「まえから持ってたフレームだよ、これ。変か？」

「いえ、似合ってますよ」

ほんとに似合ってると思った。

「若芽ちゃんに俺、わるいことしたかな……」

「ええっ……」

僕は、伊賀さんが裸で若芽に襲いかかる姿を一瞬のうちにイメージし、慌ててそのイメージを頭の中の消しゴムでゴシゴシ消した。

伊賀さんはまた夜空を見上げて、言った。

「自分から誘ったのに、キスもしなかったよ。失礼だったかな……」

PLAYBOY 52

笹伊藤のやつ……

仕事から帰ると、宅配便が届いていた。

小東奈緒の第二歌集『merci beaucoup（メルシーボークー）』。フランス語で「どうもありがとう」だ。

その題名よりも、まず、鮮やかな表紙写真に目を奪われた。だれが撮った写真なのかは、クレジットを見るまでもなくわかる。

……歌人の笹伊藤冬井である。ササイトウ・トウイ、と読む。

どこまでが名字なんだ！　と腹が立ってしょうがない、人をなめきった名前だが、

「これ、本名なんですわ」

本人は、しれっと言い張っている。

まるで着色したかのような鮮やかな花々の写真。しかし実際は天然そのままの色だというのが、本人の弁。……ほんとうだろうか？

笹伊藤の本業は写真家だけれども、最近は若手歌人の歌集の装幀も手がけるようになっている。いつも手口は同じだ。色がきれいな写真の、色のきれいさだけで勝負した直球のデザイン。

文字の部分の処理は、俺に言わせれば素人以下。しかしバカな歌人は、文字組みの美しさより、写真の美しさがあればノープロブレムらしい。紙のチョイスも甘いが、そんなことを気にするのは俺のようなプロのデザイナーだけだ。

それにしても奈緒のやつ、第一歌集は俺にデザインさせておいて、第二歌集はさっさと人気写真家に浮気かよ……。

ささくれだった気持ちで歌集のページをめくったら、紙の端で右手親指の先を切ってしまった。

痛え……。

俺の大事な仕事道具をどうしてくれる……。

親指をしゃぶる。血の味が口にひろがる。苦労を知らない笹伊藤の、すっきりとした美形顔が目に浮かび、いっそうイライラが激しくなった。

笹伊藤の生家は京都の老舗和菓子屋。末っ子で、兄や姉は年が離れており、小さいころから甘やかされて育ったボンボンだと、自分でも言っていた。俺より三つ年上だが、ひどく若く見える。写真を撮り始めたのはつい最近で、それまで働いたことがなかったし、これからも一生働く必要がないくらい金持ちであるとの噂。

「伊賀さんの装幀は、お上品ですなあ……」

笹伊藤が京都のイントネーションで、そう言い放ったことがある。

憎い……。

あんなやつ、死ねばいいのに……。

俺は一度だけ寝たことのある奈緒が、笹伊藤と京都の素敵な和室でいちゃいちゃしている姿を思い浮かべ、歯を食いしばった。

胃がじりじりと痛い。

気がつくと、『merci beaucoup』のカラフルなジャケットカバーはまっぷたつに破れて、「merci」と「beaucoup」に分かれてしまっていた。


振り上げた握りこぶしはグーのまま振り上げておけ相手はパーだ　　——伊賀寛介

自分が昔つくった歌を口ずさみながら、俺はロデオボーイのスイッチを「速」に設定し、激しい動きにひたすら身を任せることにした。

CHERRY BOY 53

ウォーリーからの電話……

真夜中なのに……。

リビングにあるFAXつき電話が鳴ったので、出る。

「もしもし？　もうぼくをさがさないで！」

……伊賀さんだった。


真夜中の電話に出ると「もうぼくをさがさないで」とウォーリーの声　――伊賀寛介

という短歌に、かけてるつもりなんだろう。

「伊賀さん……。何してるんすか？　午前二時過ぎっすよ……」

「ウォーリーはロデオボーイに乗ってます！　どうぞよろしくお願いします」

……ちゃんと五七五七七になってる。

「伊賀さん、飲んでますね？　ロデオボーイなんて嘘でしょ。ふざけないでください」

おしゃれな伊賀さんがロデオボーイなんか持ってるはず、ない。

でも一瞬、ロデオボーイにまたがってハートランドビールの小びんをラッパ飲みする伊賀さんの姿が脳裏に浮かんで、可笑しくて怒る気もなくしてしまった。

べつに僕も寝ていたのを起こされたわけではなくて、リビングのソファで、ぼーっと短歌を考えていたのだ。

「克夫くんはオナニーとかって毎日してるんですか？」

電話の向こうのウォーリーがたずねる。

「毎日はしませんよ。っていうか最近はしてません。いろいろあってＤＶＤが観れなくなっちゃったんです。ちゃんと毎日、短歌つくってますよ、しこしこ」

どうせ酔っぱらい相手だし、馬鹿正直に答えることにした。

「しこしこ、ですかー。それはよいことですねー。でも若いんだから、オナニーしないと、からだに悪いですよー。あと、『観れる』はラ抜き言葉ですねー。正しくは『観られる』ですから、どうぞよろしくお願いしますー」

「伊賀さんこそ、あんまり毎日しすぎると、もうトシなんだから、からだに悪いっすよー」

調子にのって、ちょっと大声で話してしまった。若芽に聞かれたらまずい。もうちょっと声のボリュームを下げよう。

「なにをっ国友克夫！　克夫のくせして、えらそうだぞ！」

「はいはい、すみませんでした……」

「瞳のチョコ食った？　ベロのチョコで興奮してオナニーした？」

「してませんよ……」

「俺なんか瞳ちゃんのベロで、ペロペロしてもらったこと、あるもんねー。ペロペロ……」

「……伊賀さん、いいかげんにしないと、僕だって怒りますよ」

「怒れ怒れ。怒りをぶちまけろ、精子もぶちまけろ！　おっ、今俺、うまいこと言った？　うまいこと言ったよね？」

「……カンペキおやじっすよ、伊賀さん……」

「パイずりってさ、チェリーくんにはわかんないだろうけど、物理的にはそんなに気持ちよくないのね。ただ、俺様のために、こんな変なことまでして奉仕してくれてる、っていう、精神面？　心で興奮すんの。知ってた？　知らないよねえ……瞳ちゃんのおっぱい、もー最高！」

ろれつの回っていない伊賀さんの話を聞いていて、僕は不覚にも、ちょっとだけ興奮してしまった。

ばかばか！

伊賀さんのばか！

伊賀さんなんかに奉仕した瞳さんのばか！

僕の下半身のばか！

PLAYBOY 54

舞子めしあがれ……

気がつくと舞子の部屋で、俺は下半身だけ裸。携帯を見ると午後二時を過ぎていた。

差し出されたコーヒーをすすりながら、舞子の説明を聞く。

夜中に酔っぱらった俺がタクシーでやってきて、部屋に入るなりジーンズをおろし舞子の口に向かって激しく腰を振り自分ひとりで気持ちよくなり、終わったらさっさとベッドにもぐって眠ってしまった……らしい。

まったく記憶になく、気持ちよかった覚えもなく、昨夜は国友と会ったような気がするのだが、もちろん国友が舞子の部屋にいるわけがない。

ゆっくりとシャワーを借りてから、会社に電話した。だれも自分をあてにしていないようで、夕方から顔を出す旨を伝えて切った。

携帯メールを見る。

〈ばか！　国友克夫〉

というのが一通だけ。漢字でもカタカナでもなく、ひらがなの「ばか」であるところに、かわいげがあらわれていると思った。

「きのう、俺、何か言ってた？」

舞子は首を横に振って、

「あんまり話さなかった。ひとこと、ふたこと」

ひとことって何を？

質問しようとしたら、腹がぐーと鳴った。

勝手に冷蔵庫をあけると、マヨネーズと、もやしくらいしか入っていない。舞子は自炊もするが、宵越しの材料はつかわない主義なのだ。

冷凍庫にはおにぎり状にまとめてラップにくるんだごはんが二個。シンクの下の棚にオイルサーディンの缶詰がひとつあった。

もやしを小さくザクザク切って、フライパンにいれた缶詰の油で、ざっといためる。もやしをよけたところに油を切ったオイルサーディンを置き、マヨネーズをまぶしつつ、しっかり火を通す。すごく油がはねるので、注意。多少こげるが、気にしない。

ラップごとあたためたごはんを茶碗ふたつにひとつずつ入れ、もやしとオイルサーディンをのせる。しょうゆを少し、たらす。

「見た目はハードだけど気にするな。好みで七味唐辛子をかけて、さあ、めしあがれ！」

俺は冗談めかしてテーブルに茶碗をふたつ置く。

「いただきます！」

「いただいてくれ！」

ふたりであっというまに、たいらげた。

「ごちそうさま」

「おそまつさま」

コーヒーをまたいれながら、

「村上春樹みたい……」

と舞子が笑う。

「森瑤子だよ。角川文庫の『デザートはあなた』って本にレシピが出てるサーディン丼。油を少なめにして、マヨネーズを足してみた。あと、ほんとはもやしじゃなくて、ネギなんだけど」

「急に料理とかされると、なんだか、こわい」

「なんか裏があるんじゃないかと思って？」

笑ってほしかったのだが、舞子は黙った。

「きのうは……わるかったな」

ふと思いついて、あやまってみたが、舞子の表情が暗い。

「あやまられるのは、やだな……。もっとほら、別の言葉はないものですか、伊賀寛介さん」

俺は頭をフル回転させて別の言葉を見つけようとしたけれど、ありがちな言葉しか思いつかず、口に出せなかった。

CHERRY BOY

55

店員Aさんの前で……

気がつくと僕は下半身だけ裸になっていた。

ここは温泉地。隣にいるのはツタヤのアルバイト店員Aさんだ。

温泉まで来たのだから、当然そういうことになると思っていたのに、Aさんの目的はちがっていた。

「克夫くんがひとりでやるところを見たいの」

Aさんは意地悪な目になって言った。

だから温泉宿のテレビに百円玉をいれて、こうしてHなチャンネルを見ているのだった。

「イケメンさんなのにね……」

ニヤニヤ笑いの、たくさんの人たちに囲まれて、僕は必死で汗をかいている。

もちろん伊賀さんも、舞子先輩も、瞳さんまで僕を見て笑っている。

瞳さん……、元気だったんだな……。

僕は早くこれを終わりにして、ツタヤに返さなくてはならない。

このあいだツタヤの近くにまで行ったのに、返却BOXのふたがまだ閉まっている時刻で、返しそびれてしまったからだ。

Hなチャンネルではサンボマスターの『そのぬくもりに用がある』が流れている。

早く、いかなくちゃ。

早く返しに、いかなくちゃ……。

猫の舌のチョコレートも、食べ終わらなくちゃ……。

「おにい、あたし幸せになるね！」

顔をあげると、若芽が白いドレスに身を包んでいる。おなかのあたりがふくらんでいて、もう赤ちゃんが生まれることはわかっている。

伊賀さん、キスもしないで、そのほかのことは済ませたのか……。

そう思っているところで、目がさめた。

＊

春休みの大学生には時間があり、ひまだから変な夢をみたりするのかもしれない。

でもCDを返しそびれていたのだけは夢じゃなかったので、吉祥寺に行くことにした。ツタヤの返却BOXのふたって結局、店が閉まっている時刻にしかあかないのだ。意を決して店内に足を踏み入れた。が、例のアルバイト店員Aさんは、この時間にはいないみたいだった。

ぶらぶら歩いていて初めて見つけた、「セントジョージカフェ」でランチを食べることにした。ビーフシチューのセット。クロワッサンとサラダとコーヒーがついている。

と、携帯メールが届く。

〈ばかでーす！　ずいぶん、ごあいさつだな。今ひま？　伊賀寛介〉

そうだった。伊賀さんに「ばか！」とメールしたのを忘れてた。

〈ごはんを食べていて忙しいです。吉祥寺にて。国友克夫〉

と返信する。ほんとうはもうコーヒーを飲んでいた。

〈どこ？　俺ひまだから、つきあうよ。恋の悩み相談。伊賀寛介〉

……伊賀さん、仕事はどうしたんだろう？

〈べつに悩んでません。セントジョージカフェです。国友克夫〉

メールに打ち込みながら、この店の名前は吉祥寺のジョージとかけてあるんだな、と初めて気づいた。

コーヒーを飲み終わって立ち上がろうとしたら、伊賀さんはもうドアの前に立っていた。

メガネを変えたらほかのところも変えたくなったのか、まえはアゴヒゲだけだったのに、きょうは口ヒゲも生やしてる。

なんだかちょっとワイルドになった……。あやしさが増した……とも言える。

「よお。すげえ近くにいたんだよ、たまたま」

PLAYBOY 56

国友の恋愛相談……

「よお。すげえ近くにいたんだよ、たまたま」

俺がセントジョージカフェに着くと、国友はコーヒーを飲み終わったところだった。

「……会社、どうしたんすか？」

少し迷惑そうな表情が、たまらない。

「ずる休み」

俺は正直に答える。

笹伊藤冬井デザインの歌集なんか見たせいだ。仕事への意欲が急になくなったのだ。

もしも若芽ちゃんがもっと可愛かったら、今ごろ世界が輝いていたのかもしれないが、そんなことを国友に言っても仕方ない。国友のせいじゃないし。

「伊賀さんは昼飯、済んだんですか」

「食欲ないんだ。最近」

性欲も物欲も全然ない。以前にくらべたら……。

自己顕示欲は、ある。征服欲も、あるか。

国友と会っていると、先輩風を心ゆくまで吹かすことができるから、気持ちいい。もう、国友なしでは生きられないからだになってしまった。

「ここって、前は創作中華の店だったんだ。杏仁豆腐がうまかったんだけどな……」

俺がひいきにして通っている店は、なぜか次々とつぶれてしまう。つぶれそうな店だから好きになったのか。

「そうなんすか。吉祥寺って店の入れ替わり、激しいっすよね」

「まあ、いつまでもあると思ってちゃいけないんだよ。店にも寿命があるし、どんな集団にも寿命がある。そもそも個人個人に寿命があるわけだしな」

話しながら俺は「ばれん」という集団のことを考えていた。そういえば国友に、まだあの話をしていなかった。

＊

俺一人がコーヒーを飲んでから店を変えた。

食欲のない俺が食えそうなものがある店がいいと国友が言うので、駅を挟んで南側へ移動。「レモンドロップ」という喫茶店にした。ここは一階がケーキ屋、二階が喫茶になっている。ガラスの天井で明るい。

俺はベーコンと玉葱のキッシュ、それから洋梨のババロアに季節のフルーツをのせたシャルロットを注文した。紅茶はイングリッシュブレックファースト、牛乳つきで。国友はいちこのムースと、ジャスミンティ。

「ほんとに食欲ないんですね……」

国友が心配そうに言う。

「これくらいで、ちょうどいいんだよ」

「伊賀さん料理とかするんですか。ちなみに僕は全然しません！」

「威張るなよ。まあ、俺もしないけどな」

久々にオイルサーディン丼をつくったことを思いだしたが、口には出さない。

「男も料理できたほうがモテますよね……」

恋愛相談なんかしないと言っていた国友が、やっぱりそういう話を始めたので微笑ましい。

「料理しなくても、モテる俺はモテるよ」

「そうっすか……」

「悩んでる悩んでる。国友克夫くん十九歳、童貞。『ぼくはどうしたらモテるようになりますか？』……お答えします。そんなことを俺に質問していたら一生モテないでしょう！」

軽い調子で言ったのに、国友はわかりやすく落ち込んでいった。

CHERRY BOY

57

僕の勝ち目……

からかわれながら、僕は、伊賀さんの歌を思いだしていた。

「デザイナーになる方法をおしえて」と訊くような子はなれないでしょう

――伊賀寛介

きっと伊賀さんは、人にやり方をきいたりなんかしないで、自力でどんどん人生を突き進んできたんだろう。

挫折したこととか、ないんじゃないだろうか。ふられたことも、ないみたいだし……。

僕にないものを、なにもかも持っている男。

たしかに顔は僕のほうが整ってるのかもしれないけど、そんなことが何の役に立つ？

現に舞子先輩も瞳さんも僕じゃなくて、伊賀さんのほうを選んだ。

伊賀さんにふられてから沈みがちな毎日を過ごしている若芽だって、兄みたいに整った顔の男が好きなのではなく、伊賀さん程度のメガネ顔が好きなのだ。

だとしたら、僕に勝ち目なんか、あるのか。

だれかが僕のことを、心から欲してくれることなんて、この先あるんだろうか……。

トランプゲームの大貧民のように、持てる者はいつまでも富を増やし続け、弱い者はますます何かを失っていく、それが人生なのか。

いつもなら伊賀さんに軽口を叩かれたくらいでは平気なのに、きょうの僕はなんだか泣いてしまいそうだった。肌寒い……。風邪でもひく前兆なのかな。

キッシュもケーキも食べ終えた伊賀さんに、僕は思い切って、別の角度から質問してみることにした。

「伊賀さんより僕が勝てるところって、顔以外で、何かあると思いますか？」

顔以外で……のところを怒られるかと思ったが、伊賀さんは笑って即答した。

「短歌」

……僕は、ぐんにゃりした。大まじめな顔で、冗談を言うなんて、人がわるい。

「伊賀さん、こっちが真剣になってるときくらい、真剣に答えてくださいよ……」

伊賀さんはメガネを外して、レンズをクロスで拭く。

「おまえ何言ってんの。あとから短歌を始めたやつのほうが、勝てるに決まってんじゃん。すでに五百田案山子も伊賀寛介もいて、その上で歌つくるんだよ？　はっきり言って、あとだしジャンケンだよ？　俺がおまえなら、伊賀寛介なんかに絶対負けないね」

「…………」

たたみかけられて黙ってしまった僕に、追い打ちをかけるように伊賀さんが話し始めたのは、バレンタイン歌会のことだった。

なんと伊賀さんは、僕の連作『破廉恥の隣』を、勝手に歌会に提出したのだという。

歌会の場では賛否両論で結局二位になったが、五百田案山子先生が最後にほめてくれたという。

「じゃあ五百田先生、僕の『ばれん』入会も、考え直してくれるって言ってました？」

嬉しくて動揺して、ケーキを食べるフォークを床に落としてしまった。もう食べ終わってたから、店の人が片づけてくれたけど。

「………」

今度は伊賀さんが黙ってしまった。……どういうことなんだろう？

伊賀さんは店の人に、もういちどメニューを見せてほしいと、伝えた。

PLAYBOY 58

国友に告知……

追加で鶏肉とトマトのキッシュを頼んでしまった。

あの日、五百田案山子は『破廉恥の隣』をひとしきりほめたあと、

「伊賀くん、お話があるから、あとで下のカフェにいらっしゃい」

と言った。歌会の場が、ざわめいた。案山子の「お話がある」は皆に恐れられている。

しかし案山子の部屋に呼ばれたわけではないから、身に危険が振りかかるわけでもないだろうと、俺は安心していた。甘かった。名前のないカフェで開口一番、

「あなたが提出したあの連作、国友克夫の作品よね？」

と言われたのだ。

「……はい」

今年のバレンタイン歌会のお題を「バレンタイン」にしようと提案したのは俺なので、疑われて当然だ。

「どういうつもり？　私を試したの？」

案山子は長い金髪を両手で搔きあげた。俺は短い坊主頭を右手で搔きむしった。

「いいえ、……はい。試したという意味なら、『ばれん』のレベルを試したんだと思います。

勝手なことをして、すみません」

「……あなた、あの子を、どうするつもり？」

「どうするって……」

注文もしていないのに店長が、あたたかい加賀棒茶を持ってきてくれた。案山子の前には、バラの花びらの浮かんだミルクティ。

「とにかくね」

と案山子は言った。

「とにかく『ばれん』から外れてもらったんだから、余計なことはやめてちょうだい。次に外れてもらうのは、……言いたいこと、わかるでしょう？」

……まただ。俺はそれから何も反論せず、

「すみませんでした」

と頭を下げた。それからふたりでお茶をすすって、沈黙を味わった。

あの日も夜に『ばれん』の飲み会が行われたのだが、俺は参加せずに帰った。あとで聞いたら、案山子も参加しなかったという。

むろん『破廉恥の隣』は「ばれん」には掲載されず、国友克夫の作品だったということも明らかにされなかった。伊賀寛介の作品であるという誤解を持たれているはずだが、それは誤解ですと主張することすらゆるされない雰囲気だった。

そんな事の成り行きをすべて説明する気にはどうしてもなれず、ほんのあらすじだけを国友に伝えた。

「わるかったな。余計なことして」

俺は国友にも頭を下げた。

「いえ。ほんとはその場に、僕もいたかったですけど……」

国友は、ふわりと笑った。

「でも僕、ほんとにひとりでこつこつ詠んできますから、いいっすよ。短歌はだれのものでもないんすから。結社も『ばれん』だけじゃないし……。でも伊賀さんや舞子先輩がいないと意味ないし……」

「いや、俺たちがいたって、べつに意味ないよ。国友をどうしても『ばれん』にいれたいっていうんじゃ、なかったんだ。ただ、国友の短歌をみんなで読んで、面白いとかつまらないとか話したかっただけなんだ」

……自分で話していて、そうだ、そういうふうに案山子にも言えばよかったのだと後悔した。国友の前ではこんなに素直な気持ちを口に出せるのに、案山子の前の自分はいつも、せこくてつまらない男になっている。

こんなふうになりたかったのか？　俺は。

疎外されている国友克夫のほうが人として正しく、自分たちはまちがっている、そんな気がしてならなかった。

CHERRY BOY

59

上戸さんに揉まれて……

それから伊賀さんは、「まだ明るいけど、疲れを癒しにいこうか」と言って、僕をあやしい雑居ビルの七階に連れて行った。

健康マッサージ……と看板が出ている。

ビジネスホテル……と看板でわざわざ言い張っているホテルが本当はラブホテルだったりするみたいだけれど、この店も本当に「健康」を目的にした店なのかな、と思った。

下半身が、どきどきした。

ドアをあけると、ふつうのアパートみたいな部屋。ふたりでスリッパに履き替えていたら、

「伊賀さん!?」

白衣を着た女性が高い声をあげた。

「え、上戸さん……なんでこの店に?」

伊賀さんも驚いている。

「あれから店、移ったの」

上戸さん……と呼ばれた女性は、急に声をひそめた。

「みんな転々としてるの。こういう店って」

伊賀さんはなんだか困っているようにも見えたけれど、上戸さんはものすごく嬉しそうだった。

「このイケメンくんは？」

上戸さんがこっちをまじまじと見たので、僕の下半身は、いっそう、どきどきした。

「国友克夫。俺の大切な後輩なんで、可愛がってやって」

「ね、もしかして、短歌の後輩？」

びっくりして伊賀さんのほうを見ると、ばつが悪そうに笑っている。

「まあそのへんは追々。きょうはこいつをたっぷり揉んでやって。俺はあとでいいや」

伊賀さんがソファに腰かけようとすると、やはり白衣を着た若い女性が上戸さんに中国語か何かで話しかけている。

「伊賀さんは、彼女が担当しますね」

上戸さん、中国語がわかるんだろうか……。

僕はこんな顔なのに日本語しか話せないから、外国語が堪能な人にあこがれてしまう。顔立ちが特別いいというわけではないのに、上戸さんはずっとにこにこしていて、全身から「美人」のオーラが出ているようだった。

くしょん、と上戸さんが可愛らしいくしゃみをする。

「風邪ひいてるんですか？」

僕が言うと、

「アレルギーなの。うつったりしませんから安心してくださいね」

と、またにっこり。

僕はもう上戸さんのことが気になって仕方なかったけれど、もしかしたら上戸さんは伊賀さんと関係があるんじゃないかとも思った。

いや、関係がない可能性のほうが少ないような気がしてしまう。

たちまち、下半身が、しょんぼりした。

「きょうはどこがつらいですか？」

上戸さんが僕にきく。

「いや、特別つらいとかはないです」

「では、全身まんべんなくやっていきますので、力の加減が強すぎるとか弱すぎるとかありましたら、言ってくださいね」

「はい」

「担当は上戸千香です。どうぞよろしくお願いします」

僕は、こういうの、初体験だった。

PLAYBOY 60

国友が変な声を……

「僕、初めてなんです、こういうの……」

隣の台で国友が言っているのが聞こえる。

「じゃあ弱めにやってみますね」

それにしても上戸千香とこの店で再会するとは……。吉祥寺、恐るべしである。

「ああっ」

国友が変な声を出す。

「痛いですか、ここ」

「い、痛いっす……」

俺はなんだか変な気分になってきた。興奮……というか。

自分のほうは、手慣れた中国人指圧師に、淡々と揉まれている。たしかに気持ちいいが、痛くて声を出すようなことはなくなってしまった。もう何年も前に。

最近自覚したのだが、俺はたぶん、国友克夫の「童貞性」に興奮してしまうのだ。人の言葉にいちいち動揺したり、赤面したりする素直さ。俺もこの年齢にしては異様にまっすぐな男だと思うけれども、さすがに未成年の童貞には負ける。

〈初々しさが大切なの
人に対しても世の中に対しても〉

茨木のり子の「汲む」という詩が、脳裏に時々よみがえる。慣れた仕草。プロっぽい仕事ぶり。そういうものにもあこがれるけれど、初々しさには、かなわないと思う。

「いて！　いてて！　あー、痛いですー」

苦しそうな国友の声を聞いていると、勃起しそうになる。いや、少し勃起してしまった。

「ツギ、アオムケネ」

中国人指圧師が、たどたどしい日本語で言い、俺は仰向けになる。そのとき横目で見たら、国友のひじに、上戸千香の胸が当たっていた。国友のやつ、たまんないだろうな……。

もう俺は、胸がひじに当たる程度のことでは、動じなくなってしまっている。国友はいつか俺のように、すれっからしになることもできるだろう。しかし俺のほうは、国友の頃に戻ることは絶対にできないのだ。

俺だってまだ二十代で、職場では若造だ。大学時代、アルバイトで潜り込んだ会社に見込まれて、そのまま就職した。だから仕事歴は新卒のやつらよりは長い。才能だって、あると思う。なのにこの、伸び悩んでいる感じ、未来がない感じは、いったい何なのだろう……。

くしゃみの音。また、上戸千香の。

風邪ではなくアレルギーだと言っていたけれど、人を健康にする仕事をしているのに、本人が健康でないというのは気の毒なことだ。風邪をひいていたあの夜から今現在まで、ずーっと風邪をひきつづけている……そんな地続きのイメージを持ってしまう。

「あーっ、あああーっ、そこ痛い！　痛い痛い痛い痛え……」

あんまり国友が痛がるので、上戸千香も中国人指圧師も俺も、少しずつ声を時間差で出して笑ってしまった。


指圧師は咳をしつづけ右脚の痛みほぐれていく午前二時　——伊賀寛介

ほんとうは咳ではないし、時刻も午前二時ではないが、あの夜のイメージで歌を詠んでみた。

気のせいかちょっと寒気がしてきて、会社をサボった日に風邪をひくなんて、たるみすぎだと自分で思った。昔読んだ、安西水丸の小説に書いてあった気がする。風邪をひくのは、何かを放棄したときだ、と……。


（うばたまの第三章　終）

あしひきの第四章

CHERRY BOY

61

伊賀さんと鎌倉へ……

数日ぶりに連絡があったと思ったら、

〈この土・日は鎌倉へ行くからな。舞子も一緒。待ち合わせは13：00に鎌倉駅東口。改札出たところにある白くて怪しい二人組の少年像の前。伊賀寛介〉

という、強引なお誘いの携帯メールだった。

誘いというか命令？

それで僕はきょう、午前十一時過ぎに阿佐ヶ谷を出て新宿を経由、東京駅で横須賀線に乗り換えた。と、すいている電車の隣の車両に伊賀さんがいることに、すぐ気がついた。

伊賀さんは背が高いから目立つのだ。

なにやら青い上品な表紙の文庫本を熱心に読んでいる。

びっくりさせようと思って隣にすわったら、

「おう」

……淡々と横目で挨拶されてしまった。

よく見ると青い表紙には「RINKAN ONNAKYOHSHI」と書いてある。

女…教師!?

「朝から何読んでるんすか、伊賀さん……」

奥付のところを見せてもらったら、「フランス書院文庫」という、ポルノ小説のレーベルだった。派手なカバーを捨てて、中身だけ持ってきたと言う。

「伊賀さん、いつも元気ですね……」

皮肉を込めて言ったら、

「元気ないよ。風邪やっと治ったんだ。まだ喉痛いから、これなめてる」

と、ジーンズのポケットから飴をひとつ取り出した。六角形がデザインされた小さな小さな袋に「プロポリスキャンディー」と書いてある。

袋の中身を口にいれてみたが、ピリッとからくて、すごく不味い。

「うわ、何これ……」

僕が顔をしかめたら、なんか伊賀さんは嬉しそうだ。

「ここ、読んでみ」

文庫本の指差されたところを黙読してみる。

〈それから次々と、奈穂美の肉体めがけて、若い欲望が放たれた。豊かな乳房や、締まった腹部、そして、股間に食いこむ真っ赤な褌が白濁に汚された。〉

「………」

伊賀さん、これ、僕にはちょっと刺激が強すぎます……。

「もう読み終わったから、おまえにやるよ」

「……いいっす、遠慮しときますよ……」

「いいから、いいから」

伊賀さんは僕のかばんのチャックをあけて、佳奈淳『輪姦女教師　狙われた熟肉』を無理矢理ねじ込んでしまった。

それから伊賀さんは、鎌倉へ行く目的を初めて僕に明かしてくれた。

伊賀さんがただ一人、「先輩」と呼んで親しくしていた先輩歌人が、鎌倉に家を新築したので、そのお祝いに行くのだそうだ。

その人は昔「ばれん」の中心的存在だったのに、今はもう、短歌は一切やっていないらしい。

「ほんとに才能のある人なんだけどな……」

そう言って伊賀さんは、プロポリスキャンディーを口に放った。

「もしかして五百田案山子先生に嫌われて、『ばれん』を追い出されたとかですか……」

僕がおそるおそるそう言うと、

「……うーん、まあ、結局そういうことになるのかな……」

なんだか、ほっぺにプロポリスキャンディーが挟まっているかのような、はっきりしない言い方だった。

PLAYBOY 62

慎先輩の家は……

佐田野慎先輩の家は新築で、二階の子供部屋にふとんを並べると客人たちの部屋になるのだけれど、眠るとき明かりを消すと天井に星が浮かび上がる仕掛けになっている。

国友と俺と舞子で三人並んで星を見上げていたら、舞子が俺のものをいじり始めて、隣で息をひそめて寝たふりをする国友を意識しつつ、興奮して最後までやってしまって、先輩んちのふとんを白濁する体液で汚してしまう……というような妄想をふくらませながら、車中でフランス書院文庫を読む。

上戸千香のせいではないと思うが風邪をひいてしまった。鼻炎カプセルとユンケルとビタミンCとポカリスエットをどんどん飲んで、それでも仕事はどうにかこなして土曜日を迎えた。

喉の痛みが少しだけ残っている。煙草は我慢して、「ナチュラルハウス」という店で売っているプロポリスキャンディーがよく効くので、それをなめ続けることにした。喉の痛いところが特に沁みるけれど、沁みるからこそ患部に効いているという感じがする。

慎先輩の家には今、小学生になったばかりの息子さんと、生まれて一年に満たない息子さんがいる。風邪がうつったらまずいから、新築祝いは延期にすることも考えたのだが、とりあえず体調が回復してよかった。

などと思っていたら、いつのまにか国友が隣に腰かけていた。

「よお」

俺の読んでいた文庫に興味津々の国友……。目が血走っている。そんなに読みたいのか、フランス書院文庫を。

けなげに思って、まだ半分くらいしか読んでいないそれを、国友のかばんに押し込んでやった。国友はひどく遠慮するそぶりを見せたけれど、どうせ童貞なんだから、そんなに照れることないのにと思う。

だいたい国友がきょう持っているポーターの黒いかばんは、俺がつかっていたやつをあげたのだ。少し古びてはいるけれども人気の定番商品で、リュックにも肩かけかばんにも手さげかばんにもなる3ウェイだ。その名も「TANKER」。短歌に響きが似ているところも素晴らしい。

ああ、なんとまあ後輩思いの俺……。慎先輩も立派になった俺のことを、少しは見直してくれることだろう！

国友には、慎先輩の新築祝いだと説明したが、ほんとうは新築してから先輩の家を訪ねるのは二度目だ。ただ、集まって飲むための口実が欲しかっただけなのだけれど、新築祝いは何回してもいいはずだ。

などと自分に言い聞かせながら携帯をいじっていたら、メールが届いていることに気づいた。舞子からだ。

〈ごめんなさい。急にひどい喉の風邪をひいてしまって……。赤ちゃんにうつすとよくないし、今回は欠席させてください。国友くんや佐田野一家にどうぞよろしくお伝えください。

須之内舞子〉

　えーっ、舞子……。

せっかく舞子といちゃいちゃするところを思いっきり見せつけて、国友の心とからだをめちゃくちゃに乱してやるつもりだったのに……。

だけど風邪は俺がうつした可能性が高い。あーあ。自業自得だ。

CHERRY BOY

63

舞子先輩の欠席……

鎌倉駅東口。たしかに改札を出たところに、白い石で出来た二人組の少年像があった。

「ほら、こっちの少年は鳩胸なのに、こっちの少年はロート胸だろ？」

と伊賀さん。

「ロート胸って？」

「こういうふうに、へこんでる胸のこと」

……なるほど。でこぼこコンビをあらわしてみたんだろうか。

石像の作者は岩田実。「友情」というタイトルだ。よく見ると、ふたりとも半ズボンをはいている。向かって右側、ロート胸の少年は、サッカーボールらしきものを左足の下に置いている。腰に手……。

こんなすごい待ち合わせ場所があれば、絶対まちがわないと思う。駅員さんに「あやしい二人組の像ありますか」と質問しても、迷わずここを指差してくれるだろう。

だけどきょうは舞子先輩が、風邪で突然来られなくなった。だから待ち合わせする必要もなくて、佐田野慎先輩の家には晩飯時にお邪魔する約束になっているとのことなので、しばらくは伊賀先輩とふたりきりだ……。

「おまえ、鎌倉の大仏って見たことある?」

「ないです」

「やっぱりな、帰国子女だもんな」

「……大仏って、そんなに当たり前に、みんな見てるもんなんですか」

「俺も去年初めて見た。見にいこうか?」

　ということで歩き始めたのだけれど、駅から少し歩いたところに「オリーブの木」というパン屋さんがあって、そこに伊賀さんはずんずん入っていった。

「ここ、有名な店なんすか?」

　小声で、きいてみた。

「知らない。なんとなく、うまそうだろ。こういうのは勘で決めたほうが、いい店に当たるんだよ」

　店内が喫茶店風になっていたので、伊賀さんは僕に何もきかず、クロワッサンをふたつお盆にのせてレジに差し出した。

「ここで食べます」

　テーブル席、向かい合わせにすわる。飲み物はふたりともホットのカフェオレ。

　どうせ食べ歩きするから、一カ所であまりたくさん注文しないほうがいい、というのが伊賀さんの弁だ。

　カリッとあたためられたクロワッサンと熱いカフェオレを少しずつ口に運びながら、伊賀さんの嘘みたいな話に耳を傾けた。佐田野さんの歌人時代の話だ。

＊

佐田野慎は昔「ばれん」メンバーだったが、その前は「まにえふす」という結社に所属していた。ちなみに「まにえふす」というのは、「万葉集」の昔風の発音なのだそうだ。「まにえふす」は結社といっても、ピラミッドの頂点に立つ歌人がいないという建前の民主的なグループだったのだが、それでもやはり中心的な歌人はいて、権力闘争みたいなものは水面下でひっそりと繰り広げられていた。

佐田野慎は現在三十七歳。十代の頃から格調高い古文調の短歌を詠んでおり、年上の歌人たちにも一目おかれていたらしい。二十代半ばに、現代の話し言葉を取り入れた軽やかな作風に転向した。

そんな佐田野慎がのちに「ばれん」に来たのは、「まにえふす」を追放になったためだ。それは、じつに他愛ないことがきっかけだった……。

PLAYBOY

64

佐田野慎の秘密……

「えーっ、その程度のことで……!?」

あつあつのクロワッサンを頬ばりながら国友が驚く。

俺だって最初に知ったときはとても驚いた。

佐田野慎はただ「まにえふす」の歌会で、ある短歌を的確に批判しただけだったのだ。

「きっと批判が図星だったんだろうな」

歌を批判しただけで結社を追放されていたら、俺なんか何回追放されてるかわからない。

佐田野慎が批判した歌は、「まにえふす」の有力歌人の愛人が詠んだものだったのだ。

短歌というのは今の時代、たいそう珍しい趣味だから、同じ歌人同士の結束はかたい。ただでさえ師弟関係というのは宗教のような、恋愛のようなものに転じやすく、結社の中で色恋沙汰が生まれるのは日常茶飯事である。

問題となった歌がどんなものだったのか、俺も知らない。佐田野慎が決して語ろうとしないからだ。そして愛人関係なんて結社では珍しくもないというのに、どうしてそこまで問題がこじれてしまったのか……部外者である俺には今もわからない。

ただし、結束がかたい歌人同士は、いったん愛憎がもつれると、とりかえしのつかないことなりがちだ……ということは経験上知っている。

「それで佐田野さんは『ばれん』に入ったんですよね。でも結局は『ばれん』もやめてしまったんでしょう？」

国友は話を急ぎすぎている。これは、国友が想像するよりはやや複雑で、歌壇を知らない者には伝えにくい「事件」だった。

＊

店を出て、大仏の方角へ歩いていく。途中、和紙を扱うみやげ屋などをひやかす。

肉の「ミヤダイ」に短い行列が出来ていた。コロッケの人気店で、テレビの取材などで食べにきた芸能人の生写真が、店先にたくさん飾ってある。

去年来たとき素通りしてしまったので、今年は食べてみたいと思っていた。サツマイモのやつ、肉クリームのやつ、プレーンなやつ……三種類のミニコロッケが串に刺さった「コロッケ3兄弟」をひとり一本ずつ……二本頼む。

「伊賀さんは男女関係で、もめたりはしないんですか？」

国友が揚げたての3兄弟をかじりつつ言った。ソースはかけないで、と貼り紙がしてあるが、そもそもソースのびんは見当たらない。

「しないよ。今のところ」

国友は、うらめしそうな上目づかい。

「……きっと泣いてるひと、いっぱいいますよね」

「ま、俺も泣いてるから。お互いさまだろ。大人なんだし」

単なる愛憎のもつれと展開がちがってしまったのは、佐田野慎に並々ならぬ才能があったせいだ。

今、インターネットで佐田野慎の名前を検索しても、あの事件のことは出てこない。真相を知る者がとても少なく、また、関係者の多くがパソコンをいじらない古い世代に属しているためだろう。

佐田野慎は「ばれん」から追放されただけでなく、歌壇から名前を消されたも同然だった。

CHERRY BOY 65

晶子の失敗……

大仏は、想像していたより、小さかった。

「伊賀さん。ほっぺのところに、ヒゲみたいに横線が入ってるのは、何なんすかねえ？」

「金属を流し込むとき出来る、切れ目なんだろ。全部は一気につくれないから、部分的につくってったんだよ」

「あとから磨いて、ほっぺをつるつるにするとか、できなかったんすか？　あっ、よく見ると銅の色がほんのり見えてる！……青緑の色の下に!!」

「おまえ、うるせえぞ。あれでも美男な大仏様だって、歌に詠まれたんだ。じゅうぶん美男だろ？」

〈胎内拝観料
御1名20円（小学生以上）〉

と書いた看板も出ていたけれど、大仏の内部を見ることができるのは午後四時半まで。もう午後五時をまわっていた。

しかたなく大仏の裏手にある、与謝野晶子の歌碑を見ることにした。

かまくらやみほとけなれど釈迦牟尼は美男におはす夏木立かな

さっき伊賀さんが言っていた「美男」の歌だ。与謝野晶子の直筆石碑は、達筆すぎて……読めない。

活字に直したものがそばに添えてある。釈迦牟尼には「しゃかむに」と、ふりがな。おはす、というのは旧仮名遣いだから、声に出すときは「おわす」と読むのだ。夏木立は「なつこだち」。与謝野晶子は「よしゃのしょうこ」じゃなくって、「よさのあきこ」。

帰国子女だけど、それくらいのことは、知っている。

ただ、こうしてじっくり読むと、「大仏は美男だ」ということ以外、ほとんど情報量のない歌だ……と思った。

思っただけでなくて、その感想を声に出して言ってみたら、伊賀さんは少しだけ笑った。

「シャカムニって、まちがいなんだよな、これ」

伊賀さんが解説する。

「お釈迦様は美男……って詠んでるわけだけど、ほんとはお釈迦様じゃなくて阿弥陀様なんだよ。大仏の手が上品上生《じょうぼんじょうしょう》の印になってるから……」

……おしゃかさまと、あみださまの区別も全然わからない僕だけれど、そんなまちがいのある短歌が堂々と石に刻まれてるということ自体に、びっくりした。

「じゃあ、こんな歌碑つくる前に、まちがいを指摘してあげる人って、いなかったんすかね？」

「いや、いたよ。晶子もまちがいを訂正したバージョンを色紙に書いたりしてるし。〈かまくらや仏なれども大仏は美男におはす夏木立かな〉って……。それでも元の歌のほうが断然いいって声があって、あえてまちがいのほうを採用したらしいよ」

「へえ……」

まちがいのほうがいい歌だと判断されるなんて、やっぱり短歌の世界は変だなあと思う。でも僕だって、正しい意見に必ずしも好感を持つとは限らない。

そんなふうに納得して僕が手洗いに行こうとしたとき、伊賀さんの携帯が『君が代』のメロディを奏でた。

「はい、伊賀です。今、晶子の歌碑の前です。……ええ。田尾坂真由香の話をしようとして……」

たおさか、まゆか？

僕は、耳を、疑った。

PLAYBOY 66

真由香の話……

晩飯の準備にまだ少し時間がかかるから、一時間ほど時間をつぶしていてくれと、慎先輩から電話があった。

「……ええ。田尾坂真由香の話をしようとしてて……」

慎先輩の声は半ば本気で困っていた。でも本人のいる前で話すよりは、今のうちに国友に教えておいたほうが話が早いと俺は思ったのだ。

「やめてくれよ……」

電話を切って、駅のほうへ少しだけ戻る。

紫いもソフトクリームを売る店の二階にあるカフェ「樹」に行くことにした。いつき、と読む。

ほどよく錆のある金属の階段をのぼると、店先でビスケットのようなものを食べていた台湾リスが四匹ほど、いっせいに逃げた。

見上げると店の上の木にとまり、体と同じくらいボリュームのある尻尾をゆらしている。

国友が驚いた顔で黙っているので、

「ほら。台湾リス」

と説明する。

「この店、台湾リスが店の中にも入ってくるんだ」

きょうはドアが閉まっているが、以前来たとき、あけ放たれたドアから何匹ものリスが自由に行き来していた。

この店はサイフォンでいれてくれるコーヒーがうまいので、メニューの中で一番高いブルーマウンテンを、勝手にふたつ注文した。

ピザもうまいと聞いたことがあるが、晩飯のために腹をすかせておかなくてはならない。

「あの、田尾坂真由香の話って、なんすか？」

国友が口をひらく。

「ん？　田尾坂真由香のこと、国友知ってんの？」

歌集も出していない幻の歌人の名前を、国友がきちんと認識しているとは思わなかった。

「知ってますよ。〈好きだった雨、雨だったあのころの日々、あのころの日々だった君〉の田尾坂真由香でしょう？」

「そう。〈手荷物の重みを命綱にして通過電車を見送っている〉の田尾坂真由香だよ」

ドアがあいて、おばさん二人組が店に入るとき、台湾リスが一匹ついてきてしまった。ドア付近の置物によじ登って、遊んでいる。

「短歌雑誌で読んだんですよ。『私の好きな一首』みたいな特集で、何人かが名前を挙げてたんで覚えたんです」

「でも、田尾坂真由香のプロフィールは、あんまり詳しく書いてなかっただろ？」

「はい。……なんでですか？」

出されたコーヒーをふたりで同時にすする。

もったいぶっても仕方ない。俺は乱暴にかいつまんで話した。

伝統ある短歌新人賞で十二年前、ウズベキスタン在住の日本人少女が、選考会の満場一致で選ばれた。それが田尾坂真由香だ。

もちろん狭い歌壇では話題になり、多くの人が田尾坂真由香に取材を申し込もうとしたが、「まだ高校生だから」「日本にはしばらく帰らないから」という理由で取材拒否される。授賞式にも代理の者が出席した。

「そのうち田尾坂真由香のことを公の場で語るのは、タブーみたいになったんだ。作品は今でも愛されていて、紹介されたりするけどね」

……なぜタブーなのか？

田尾坂真由香は、架空の少女歌人だったからだ。

CHERRY BOY 67

無口な佐田野さん……

「佐田野慎先輩はすげえ無口な人だから、今から覚悟しとけよ……」

伊賀さんの横顔が、短いトンネルの中で、オレンジ色のライトに染まっていた。

トンネルをくぐって、ちょっと山を登ったところにコンビニ。ここからまだまだ歩くのかなーと思っていたら、そこから五分くらいで、佐田野家に到着した。ぴかぴかの新築だ。山の中にあると聞いていたから、どのくらい山を登るのだろうと覚悟していたけれど、拍子抜けするくらい、あっというまだった。

伊賀さんたら、大げさなんだから……。

エプロン姿の奥さんが、ドアをあけて出迎えてくれる。

「伊賀くん、久しぶりねー」

……メガネをかけた華奢なひとだ。お化粧をしていないみたいなのに、きれい。

「伸一郎、伊賀くん来るの楽しみにしてたのに、はしゃぎすぎて疲れて、さっき寝ちゃったの」

「今年もう小学生ですよね」

「そう。……あなたが噂の克夫くんね」

「お邪魔します、国友克夫です」

真新しい木の匂いがする居間に進むと、肩幅が広くて髪の毛もヒゲも伸び放題の大男が、椅子に腰掛けていた。がっしりした腕に、もうすぐ一歳になる赤ちゃんを抱えている。

ああ、この人が……。

この人が佐田野慎さんであり、じつは幻の少女歌人・田尾坂真由香と同一人物でもあるなんて……。

佐田野さんは、僕が挨拶しても、むすっとした感じで目を伏せただけだった。

伊賀さんが差し入れの日本酒を二本差し出しても、

「ん……」

と、言葉にならないような声をちょっと出しただけ。

「あら、〆張鶴《しめはりづる》の『月』と『花』！　おいしいのよね、これ。わたしは授乳中で飲めなくて残念だけど……慎さん大好きだよね」

奥さんがフォローしても、無言で頷くだけ。

「克夫くんが来るっていうんで、メインはカツオのたたきにしてみたの」

「え、ありがとうございます！」

「うまそう……」

にこにこと笑みを絶やさない奥さんが、食卓に皿を並べ始める。

スズキの刺身。なすのあげびたし。生春巻。とりの唐揚げ。

佐田野さんと赤ちゃん以外で声を合わせて、

「いただきます！」

と言って食べ始める。

……お、おいしい！

「このごはん、何が入ってるんですか。シソと梅と……」

伊賀さんが質問する。

「……シソと梅と、シラスとゴマ」

「この漬け物もうまいっす……何すか、これ」

僕も質問する。

「カブなの。お隣のご主人が、趣味でやってる畑でとれたのをいただいて。甘酢漬けにしてみたんだけど」

佐田野さんは左手に赤ちゃんを抱えたまま、黙々と食べている。

……伊賀さんの言っていたことは、全然、大げさじゃなかったんだ。

PLAYBOY

68　澄子さん……

三月の鎌倉はまだ寒くて、少し山を登ったところにある一軒家は、当たり前のようにヒーターをつかっていた。

佐田野慎が田尾坂真由香であることも、人並みはずれて無口であることも、澄子さんの手料理がうまいことも、国友にはいちいち衝撃だったようだ。

でも俺のほうは内心、相変わらず若々しくて麗しい澄子さんのことが気になって、料理や〆張鶴の味を、素直に堪能できなかった。

雑誌「短歌空間」に載った田尾坂真由香のプロフィール写真は、少女時代の澄子さんだ。化粧っけがないせいか、ほとんど年齢を重ねていないかのようにも見えるけれど、もう、二児の母なのかと思うと「複雑な気持ち」になった。

　「複雑な気持ち」だなんてシンプルで陳腐でいいね　気持ちがいいね　――伊賀寛介

小学一年生になる長男の伸一郎……シンちゃんが、じつは俺の子供だったりしたらいいのに……。そう思ったことすら、ある。

けれど澄子さんには手にふれたこともないのだから、シンちゃんが俺の子供である可能性なんて、0%である。

慎先輩と澄子さんを会わせたのは俺で、澄子さんは美大時代の先輩だった。

新築の一軒家にはアトリエ・スペースがあり、澄子さんは今も本格的に油絵を描いて、たまに個展をひらいている。

俺はもう絵はやめてしまった。そして佐田野慎は短歌をやめてしまった。

あきらめた夢のひとつもある方が誰かに優しくなれる気がする　――田尾坂真由香

そんな歌を嚙みしめながら、澄子さん特製のカツオのたたきを口に運んだ。

あきらめてしまった夢の、象徴のような澄子さんに会うたびに、俺は瞬時にして童貞だった、あの頃に逆戻りしてしまう。

鎌倉に一軒家を建て、俺にはよくわからないIT企業の代表として着実に稼いでいる慎先輩は、未練がましく短歌の世界にしがみついている俺のことを、どんなふうに見ているんだろうと時々思う。

二階の部屋で眠っているというシンちゃんは快活で、顔も澄子さんに似て細面だ。

慎先輩の腕に納まった、生後八カ月の義憲くんは、

「俺に何か用？」

と態度で語っているかのような、落ち着いた風格を漂わせている。顔も眉が太くて、先輩そっくりだ……。

「上がシンイチローなのに、下はヨシノリって、なんだか兄弟じゃないみたいでしょ？」

澄子さんは笑う。上の子は澄子さんの父上が命名し、下の子は慎先輩が自ら名づけたのだそうだ。

「ヨシノリは七月七日に生まれる予定だったんだけど、一日早くなっちゃって……がんばって我慢してたんだけどね、七夕生まれにしたくて」

「え、じゃあサラダ記念日ですよ、それ！」

俺はつい声をでかくして言ってしまった。

CHERRY BOY

69

伊賀さんは火星人……

「サラダ記念日って、俵万智の短歌に出てくる……？」

奥さんが言った。

「ええ。なんだ先輩、澄子さんに何も言わなかったんですね……」

伊賀さんが心底あきれた口調で言ったけれど、佐田野さんは何も言わなかった。

僕が生まれた頃に河出書房新社という有名出版社から発売され、大ベストセラーになった歌集『サラダ記念日』は正直、僕にはそんなにぴんと来なかった。けれどそれは伊賀寛介をはじめとする「現代口語短歌」の詠み手が、すでにたくさん存在する現在の視点で読むからであって、二十年前は大げさでなく短歌の革命だったんだと、伊賀さんがまえに熱く語っていた。その歌集の存在を、田尾坂真由香でもある佐田野慎が、知らないわけはない。

無口にもほどがあるよ！

僕は心の中で、つっこみをいれた。

ふと見るとサラダ記念日生まれの赤ちゃんは、佐田野さんの腕の中で、すこやかに眠っていた。

「寛介は……まだホーケーか？」

突然、佐田野さんが口をひらいた。低い声。

佐田野さんの口から出た初の言葉らしい言葉だから、耳を疑ったのだけど、「ホーケー」というのは包茎のことだろう。しかも伊賀さんのことを「寛介」って……。

「……包茎ですよ。もう成長期は過ぎたし、一生包茎です。でも仮性だから平気ですよ」

伊賀さんは平静を装って普通に言ったけれど、顔が赤いのは日本酒のせいだけじゃないと思う。

「へえ、伊賀くんて、火星人なんだー」

と奥さん。伊賀さんの赤い顔が、もっと赤くなった。

「はい。火星人です。でも困ったことないですよ。わりと元気な火星人ですから」

こんな伊賀さん、初めて見た……。

仮性包茎のことを俗に「火星人」と呼ぶことは知っていたが、そんな言葉を自然に口にする女性も初めて見た、と思う。

「国友って、むけてるの？」

伊賀さんは話のホコ先を僕に向けてきた。ずるい……。

「む、むけてますよ。ずるむけです。でも最近は、皮はかぶってたほうがいいって説が有力なんですよね」

「そうなの？」

奥さんが、なんでもないふうに、きく。

「はい。詳しくは知らないけど、仮性包茎の人は、手術しないほうがいいそうですよ」

そう僕が言ったら、伊賀さんが慌てて口を挟む。

「いやいや、仮性包茎はセックスにまったく支障がないどころか、むしろ自分の快感は増し、なおかつ相手の快感も高められるんですよ。海外では割礼によって失われた包皮を再生する人も増えてるんです。石川英二という医者が書いた『切ってはいけません！』という本に書いてありました。新潮社から出てる、ちゃんとした本ですよ」

やけに詳しい……。

「ふふ、詳しいのね……」

奥さんが僕より先に言った。伊賀さんは耳まで真っ赤……メガネの奥が涙目になっている。

伊賀さんと佐田野さんが競うように日本酒二本を飲み干すあいだに、結局、佐田野さんが発したセリフはあの一言だけだった。

PLAYBOY 70

国友と慎先輩が……

ひでえこと言うなあ、慎先輩……澄子さんや国友のいる前で。

憮然としていたら、シラフのはずの澄子さんが、国友にからみ始めた。

「克夫くんて、きれいな顔してるね。童貞なんでしょ？」

「……はい」

国友は照れることなく堂々と答えた。

胸張るなよ！　顔をほめられたら、少しは謙遜しろよ！

「好きなひとはいないの？」

「……いたけど、いつもふられちゃうんすよ、すぐ」

「ふられたら、あきらめるの？」

「……いえ。みんな、どうやって、あきらめていくんすかね？」

「まだ若いものね。あきらめなくて、いいと思うよ」

「それも……つらいっすよ」

「今好きなのはマッサージがうまい上戸千香さんだよな」

「ち、ちがいますよ！」

「国友よかったな、この家、童貞率高いぞ。男の過半数が童貞だ」

「うまいこと言うわね、包茎のくせに……」

「ひでえなあ、澄子さん……」

慎先輩は笑いもしないが、内心ウケていることはわかる。長いつきあいだから。

まだ新品と言ってもいい清潔な洋式トイレで、腰掛けて用を足した。立っていられないほど酔っているからではなく、きれいなトイレを飛沫で汚すのがわるいと思ったからだ。

居間に戻ったとき、俺の尻のあたりに両手の先を突き刺し、

「カンちゃーん！　カンチョー！」

と叫んだのはシンちゃんだ。一年前よりずいぶん背が高くなっていた。時々電話で話したりはしていたが、俺のことを覚えてくれていて嬉しい。

「シンちゃーん！　カンチョー返し！」

小さな尻に軽く頭突きし、そのまま肩車をした。きゃっきゃっと喜ぶ声が天井あたりから降ってくる。

「カンちゃんとあそぶ！　カンちゃんとおそとであそぶ！」

「シンちゃん、ごはん食わなきゃだめだよー」

と、肩から降ろしたら、もう泣きそうだ。

「あそぶ！　あそぶ！」

「伸一郎ね、寝る前にさんざん食べてるのよ」

澄子さんが苦笑した。

「じゃあ散歩にでも行きましょうよ、伊賀さん」

国友が気をきかせて、食器類を片づけ始めた。

「いいのよ、あとでやっておくから。食器洗い機あるし、寝るとき洗うの」

慎先輩は慣れたしぐさで、赤ちゃんを台所のそばのベビーベッドに寝かせた。

「ね、夜の海にでも行ってきたら？　みんな酔ってて、あぶないかな」

「僕は飲んでませんから、大丈夫ですよ」

「おまえなんかに頼らねえよ！」

「じゃあ伸一郎をよろしく。わたしも行きたいけど、また今度ね。風呂いれとくから」

玄関先で見送られて、男三人……いや、転がるように歩くシンちゃんを含めて、四人で海へ向かった。

行きにくぐった、オレンジ色のトンネルの中で、少し先を行く慎先輩が、急に立ちどまって振り向いた。

CHERRY BOY

71

佐田野さんの質問……

「……寛介、舞子と結婚するのか？」

佐田野さんが、何の脈絡もなく言った。じっとしてない伸一郎くんとじゃれつきながら歩いている伊賀さんの前に、ふいに立ちふさがって。

「そんなんじゃないんですよ、俺と舞子は」

伊賀さんは、佐田野さんのほうを、見ない。

次の瞬間、伊賀さんが低く短い声で唸り、腹を抱えてしゃがみこんでいた……。

えっ……。

佐田野さんが、パンチを喰らわせたのだ。伸一郎くんは、号泣。

「だ、大丈夫ですか、伊賀さん……」

僕が駆け寄ると、伊賀さんは伸一郎くんに、

「シンちゃん泣くな。シンちゃん大丈夫だから、泣くなよ……」

と、無理矢理な笑顔で言った。

トンネルのオレンジ色の光では、よく見えなかったけれど、泣いているのは伊賀さんなんじゃないかと、僕は思った。

なんで突然、こんなところで……。

＊

泣き疲れた伸一郎くんは、佐田野さんに背負われたまま眠ってしまった。

伊賀さんはあのあと佐田野さんに一言「すみません」と言ったきり、何も話さなかった。

男三人で黙々と歩き続けて到着した由比ガ浜は真っ暗で、風はあんがい穏やかな感じ。遠くの船の光。たまに通る車のライト。すぐそばのコンビニ「ローソン」から漏れる明かり。目を凝らすと、小さい流木と、海草が打ち上げられている。貝殻は少しあるけれど、きれいなものは落ちていなかった。

「ローソン」で何か買ってくるからと、伊賀さんは素早く立ち去ってしまった。僕も後を追おうかと思ったけれど、伊賀さんは少し一人になりたいのかもしれないと思って、やめた。

濡れた砂の上に、足あとをつけること以外に、することがない。

「おまえ、イタリア育ちなんだってな」

「はい……すみません」

……動揺して、意味もなく「すみません」と言ってしまった。

「なんだァその返事」

佐田野さんが、笑いを含んだ声で言った。

「伸一郎くん……重くないですか？」

「重くても、背負うんだよ」

「……そうですね……」

またしばらく沈黙が続いたけれど、気まずいわけではなかった。

「俺、サウジアラビアで生まれたんだよ」

佐田野さん、おごそかに低い声で、何を言いだすのかと思った。

「あっちでは生まれたとき、ちんちんの皮を切るんだ。それで子供の頃、よくからかわれたな……」

……ちんちんの話だった。

「子供の頃って、そうですよね……」

僕は心から言った。

「早く、大人になりたいです」

「急がなくても……死ななければ、大人になるって」

伊賀さんが、大きなコンビニ袋を下げて歩いてくるのが、見える。

伸一郎くんは、ほっぺをたわませて、眠っている。

そうなんだろうか、人はみんな、大人になるんだろうか……。

PLAYBOY

72

わらび餅を国友と……

その瞬間は破裂するかと思うくらい痛かったが、殴り方がうまかったからか、俺の腹の痛みはすぐにひいた。

慎先輩には、言葉での言いわけがきかない。

「慎先輩にそんなこと心配される筋合いはない」などと、言う気も起こらない。

ビールを飲むような気温でもないし、あたたかい缶コーヒーやウーロン茶と、慎先輩が好きなカールとかポップコーンとかキャラメルコーンとかのスナック菓子を買って砂浜に戻る。

今すぐにキャラメルコーン買ってきて　そうじゃなければ妻と別れて

——田尾坂真由香

そんな歌を思いだしながら二つの影に近づくと、ちょうど田尾坂真由香の話をしているところだったらしい。

「歌壇への復讐とか、そんなんじゃねえよ。おまえ、復讐で歌を詠めるか？」

「……まだ、だれかに復讐したくなったことないから、わからないっすね」

そんなやりとりが聞こえたけれど、俺がその場に戻ってきたことで会話は途切れ、それを合図にしたかのようにシンちゃんが目をさました。

結局、缶コーヒーやウーロン茶だけその場で飲んで、お菓子は持ち帰って食べることになった。そういえば東京で買ってきたルービックキューブ、シンちゃんにまだ渡してなかったな……。

＊

風呂を借りたあとは、Hな妄想をする余裕もなく眠りに落ちた。俺より先に国友が派手ないびきをかき始めて閉口したが、二十分もしないうちに俺も寝ていたと思う。焼いたサケをメインにしたシンプルでうまい朝食をいただき、国友とふたりで佐田野家を早々に出た。

国友は「ねこや」という猫グッズばかりを扱う土産物屋で、招き猫の手ぬぐいを買った。駄菓子屋にあるような昔ながらの子供のおもちゃを売っている店に入った。チープな指輪が一ダースばかり透明ケースに並べられて、ケースごとまとめて百円という商品があり、舞子が好きそうだなと一度は思ったけれど、深読みされるのも困るし買わなかった。

去年も食ってうまかった「こ寿々」のわらび餅を、店内で食べた。熱いお茶が無料サービス。東京だったらセットで倍の値段ですよねと、国友が感心した。

「すごい粘りのある歯ごたえっすね、これ」

「Hなこと考えるなよ」

「伊賀さんこそ！」

「国友は慎先輩に気にいられてよかったよな。先輩、いつもは初対面のやつとは口きかないから」

「そうなんすか……」

「そうだ。おまえ絶対、女より先に寝るなよ。すげえ音のいびきだから……」

「えっ、本当っすか？」

「うそ」

「ひどいな伊賀さん！」

わらび餅をひと箱、舞子への手土産にした。駅まで歩きながら、夏になったら皆で海にいこうと、まえに話したことを思いだしていた。


（あしひきの第四章　終）

ひさかたの第五章

CHERRY BOY

73

舞子先輩をお見舞い……

旅行から帰ってくると部屋中が出かける前とおんなじだった　——国友克夫

僕はそんな歌を詠んだ。

……そのまんまだ。

きょうは鳩サブレとミルク紅茶が朝食。ミルク紅茶は鍋に牛乳と紅茶の葉っぱをいれて若芽がつくってくれた、わりと本格的なやつ。シナモンの香りがする。

若芽はこのところずっと寝不足みたいで、考えごとをしているのか、話しかけても上の空って感じ。でも伊賀さんの話は最近しないから、ひと安心……と思っていいんだろうか。僕も伊賀さんの話題は、なるべく出さないように心がけている。だから鎌倉での出来事も、聞かれない限り、話さないことにした。

きょうはこれから舞子先輩のお見舞いに行く。きのうの夜、また急に伊賀さんに誘われたんだけど、どうして一人で行かないんだろう……。

まあ、僕もお土産に買った招き猫の手ぬぐいを渡したかったたし、ちょうどよかったんだけれど。

＊

西荻窪駅の改札を出たところで、伊賀さんは小冊子みたいなものを読んでいた。けわしい顔……。

「何読んでるんすか」

伊賀さんは表紙を見せた。品よく「刹那」という名前が印刷されている。せつな……短歌結社の雑誌みたいだ。

「これ、どう思う？」

指差されたところを見ると、こんな歌が並んでいた。

　最初から入っている愛の切れ目を歌手は拡大して歌うのだ

　それはもう「またね」も聞こえないくらい雨降ってます　ドア閉まります

連作タイトルは「愛」で、作者は笹伊藤冬井。

「……変な名前っすね」

「そうだろ⁉」

伊賀さんは「わが意を得たり」という顔をした。

「歌も、言葉の切れ目とかが不思議な感じ」

「な、ひどいだろ⁉」

「……ひどいっていうか、シュール？　でも、こういうのも面白いんじゃないすか。これとか好きですよ僕」

すじすじのうちわの狭い部分からのぞいた愛という愛ぜんぶ

僕が声に出して読むと、伊賀さんはみるみる眉間にしわを寄せ、全身から不機嫌なオーラを放出させた。

も、もしかして、まずいことを言ってしまったんだろうか……。

「これの……どこが？　どこがいいのか、ちゃんと説明してみろ！」

「や、あんまりちゃんと説明できない感じが、ちょっと面白いかもと思ったんすけど……」

「ふざけんな！」

伊賀さんは「刹那」を両手でびりびりに引き裂いた。

あっけにとられている僕を置いてずんずん歩き、コンビニの中のゴミ箱にそれを捨てた。

そして、舞子先輩の部屋に着くまで、一言も口をきかなかった。

PLAYBOY 74

国友をはむはむ……

目的地までのあいだに街があり夜がありでもおまえがいない　――伊賀寛介

俺はそんな歌を詠んだ。

われながら傑作だ。

しかし食欲がないので朝飯はトマトジュースだけ。

枕元を見ると、新聞の上に太いサインペンで何やら書いてある。


この人のいびきまでもが愛しくて思わず眉をはむはむしちゃう

……こ、これ何だ？

まったく身に覚えがないが、俺の字である。

ねぼけて書いたんだろうか。いびき……。「この人」というのは、国友のことなのか？

眉というのは、眉が太い慎先輩のイメージなんだろうか。そういえば次男の義憲くんも眉が太かったな。

それにしても、「はむはむ」って……。

俺は今、自分で自覚しているよりももっと、疲れているのかもしれないと思う。

＊

舞子の部屋は、西荻窪にある普通の一軒家の二階。大家さんが二世帯住宅にするために建てて、二階だけを貸しているという感じのアパートだ。

もちろん会社はサボった。昼間に舞子んちに来るのは久々である。

国友とのあいだの気まずい空気を悟られないよう、わらび餅と桃の缶詰、それと袋詰のプロポリスキャンディーを差し出したら、

「ありがとう。鎌倉で喧嘩でもしたの？」

と言われてしまった。横を見ると、国友がわかりやすい、しょんぼりした顔をしている。

「いや。なんでもない。ただの八つ当たり」

「いつものことです。これ僕のお土産……」

国友は手ぬぐいを渡した。

「招き猫？　かわいーい！」

少し痩せた感じもする舞子は、ギンガムチェックのパジャマを着ている。俺が以前あげたイギリス土産の男物だ。

「もう熱もないし、喉が少し痛いだけなの。あと唇の両端が切れた感じがして、口を大きくあけると少し痛いけど……」

かゆでもつくろうと思っていたが、舞子のリクエストで俺風バタートーストをつくることにした。ちょうど封を切っていない新鮮なバターが冷蔵庫にある。食パンの両面に、これはどうかと思うくらい大量にバターを塗り、フライパンで両面焼くだけ。焦げ目がほとんどつかず、バターが溶けてパンに染みたくらいのところで食べる。紅茶はリプトンのティーバッグしかなかったが、紙袋をやぶいて中身だけ急須にいれ、じっくり蒸らしていれたから香りがいい。もともとティーバッグは安物でもブレンドがしっかりしているのだが、ひとえに紙袋が風味を駄目にしているのだ。

わらび餅はしばらく冷やしておいたほうがいい。あとは缶詰の白桃だけ食卓に並べる。

「うまいっすね！」

健康な国友が一人でもりもり食べている。舞子と俺は顔を見合わせて、ちょっと笑った。

CHERRY BOY

75

啄木と僕……

僕がバターで汚れた手を台所で洗わせてもらっていたら、伊賀さんがニヤニヤしながら言った。

「じゃあ国友は帰っていいよ。これからは、恋人たちの時間だから」

「………」

「もう、何言ってんの伊賀さん。せっかく来てくれたのに……」

舞子先輩はやっぱり少し具合がわるいようで、食事が終わるとすぐベッドに横になった。

伊賀さん、さっきのこと、まだ怒ってるんだろうか……。

部屋は整理整頓されていて、本棚には歌集が目立つ。白い背表紙ばかりが並んでいる一角に、色鮮やかな写真をあしらった背表紙の本が一冊だけあった。

タイトルは「歌集　夏」。あっ、これ笹伊藤冬井の歌集なんだ……。

「ちょっと見せてもらっていいですか？」

いいよ……という舞子先輩の返事をきく前に、僕は本を取り出していた。ものすごく鋭い視線を感じて振り向くと、伊賀さんがヤケドしそうなまなざしでにらんでいる。

色の洪水のような表紙で、写真なんだろうと思うけど、コンピューターで描いた絵のようにも見える。たぶん写っているのは花壇。ぱっと見ると書名も作者名も目立たない。活字で押されたように、へっこんでいるだけで、色はついていない字だ。

「きれいでしょ」

舞子先輩が言う。

「でも伊賀さんは嫌いなのよね、笹伊藤」

「きれいだと言われたいようなきれいさで、むかつくんだよ。こいつの歌もそうだよな。言葉のかっこよさだけで成立させて。言いたいこともないくせに」

それから伊賀さんは三十分くらい笹伊藤冬井の悪口を言い続け、僕は先に帰るタイミングを逃してしまった。ささいとうが姓で、とういが名であること。本業が写真家であること。京都の実家が裕福であること。それらのことがなぜ伊賀さんを怒らせているのか最初はわからなかったけれど、つまりはいわゆる「嫉妬」というやつなのだと途中でわかった。

才能のある伊賀さんでも他人に嫉妬することがあるんだ……。

伊賀さんにはわるいけど、僕は嬉しかった。

＊

話し終えてややすっきりしたのか、伊賀さんがほうじ茶をいれてくれて、わらび餅を皆で一口ずつ食べた。

「伊賀さん、こずかたの募集要項、発表になってたね」

「いつ？」

「ネットに出てたよ」

「知らなかった……」

こずかた？　石川啄木が歌に詠んだ「不来方」のことだろうか。

不来方のお城の草に寝ころびて
空に吸はれし
十五の心　――石川啄木

「こずかたって、啄木に関係あるんすか？『空に吸はれし十五の心』？」

僕はパソコンも持っていないし、ネットのことを話されてもよくわからない。伊賀さんは仕事柄パソコンばかり見ていて、そのせいでネットはほとんど見なくなってしまったと、まえに言っていた。

「うん。啄木にも関係あるし、おまえにも関係あるんだよ」

……僕に関係ある？　どういうことだろう。

PLAYBOY 76

バカなのは伊賀さんだ……

俺たちは「こずかた」と呼んでいるが、正式名は「不来方の空の歌集大賞」。舞子のノートパソコンを借りて、久々にネットを覗いてみる。

吸い込まれそうな青空の写真をあしらった、公式サイトがつくられていた。賞の主催は盛岡市。複数の出版社が協賛している。

石川啄木の生誕百二十周年を記念して、今年はさまざまな催しが企画されたが、不来方の空の歌集大賞はその中でも本命と言っていい大きなプロジェクトだ。

俺が二十歳のとき受賞した石川啄木短歌大賞は、現在はもう運営されていない。けれどおそらくは、あの賞の性質を受け継いだコンテストを再び、という狙いなのだろうと思う。

未発表の自作短歌百首を公募する……というのは、石川啄木短歌大賞と同じだ。より詳しい応募要項を、今年三月に公開し、啄木の命日である四月十三日に受付をしめきる……というプレ情報が、昨年末に短歌専門誌などで発表されていた。

「しめきりが四月十三日って……あと一カ月ないじゃないすか！」

国友が大きな声を出す。

「歌人は一晩で百首くらい、平気で詠むの。おまえの歌だって、もう百首以上あるだろ？」

「そりゃ、ありますけど……」

「国友くんの場合『ばれん』にも歌を載せてないんだから、今までつくった歌は全部未発表ってことでいいのよ」

「そうっすか……」

ユニークなのは審査員が歌人ではないこと。

ふつうの短歌賞では「審査員」とはいわず「選考委員」という。ちょっとした用語にも、この賞の特殊性があらわれている気がする。

「結局、審査員の名前は明かさないままなのね……」

公式サイトによると、短歌に造詣が深い小説家、詩人、写真家、デザイナー。盛岡市出身の人気タレント。そして受賞作を歌集として出したい複数の出版社の編集者が、審査を担当するらしい。

「いくつかの出版社が受賞作を取り合うっていうの、すごいよな……」

「昔テレビでやってた『スター誕生』みたい」

「舞子、いくつだよ！」

俺と舞子がいくぶん声を弾ませつつ話していたら、無言でパソコン画面を凝視していた国友がいきなり、

「これ、駄目っすよ……」

と、つぶやいた。

「短歌だけじゃなくて、どんな本にしたいか、歌集全体のデザイン案も一緒に提出するなんて……無理。僕、デザイナーじゃないし」

バカだなあ、国友……。

「そんなの、俺が手伝ってやるって！」

「だって作者本人が考えたデザインしか認めないって、ここに書いてありますよ……」

「そんなのバレないから大丈夫よ」

「いや、それはやっぱりフェアじゃないっす」

「フェアー!?」

舞子と俺は思わずハモって顔を見合わせた。

「……コンテストなんか、フェアなはずないだろ、バカ！」

舞子のベッドにもたれかかり、へらへら笑いながらそう言った俺のことを、国友が、冷たい目で見つめていた。

「伊賀さん。バカなのは、伊賀さんのほうだと思います……」

CHERRY BOY
77

舞子先輩に伊賀さんが……

「僕、きょうは帰ります。ここからはおふたりで恋人たちの時間を、過ごしてください！」

そう言い捨てて、一人で舞子先輩んちを出た。玄関のドアを勢いよく閉めたあと、笹伊藤冬井の歌集を借りてくればよかったと後悔したけれど、もういちど戻るのはシャクだから、そのまま駅へ向かった。

ぐんぐん歩きながら、今ごろあの部屋でふたりはHなことを始めているんだろう……と想像する。

具合が悪い舞子先輩がいやがるのを無視して、いやらしい顔で、のしかかる伊賀さん。

「たくさん汗かけば風邪、治るからさ……」

そんな調子のいいこととか言いそうだ。

舞子先輩は唇の両端が痛いのを我慢して、伊賀さんのあそこを口に含む。伊賀さんはいつだって乱暴だ。舞子先輩の立場なんか全然考えず、自分勝手に快楽をむさぼるんだろう。喉が痛い舞子先輩の口に、白濁したものがどろりと流し込まれる。舞子先輩はつい、むせ込んでしまう。目には、ほんのり涙が浮かぶ。

……想像していたら体の一部がカチカチになってしまって、僕はその場で立ちどまった。

やっとのことで鎮静させてまた歩き始め、駅に着く。なんだかパンツの中が微妙にべとべとしている……。

いつまでも舞子先輩に未練を持っている自分のことが、いやだ。舞子先輩にも伊賀さんにも子供扱いされてしまう自分が、いやだ。舞子先輩のことを想像の中でけがしている自分が、いやだ。童貞の自分がいやだ。いやだ、いやだ。なにもかもが、いやだ。

阿佐ヶ谷駅でおり、商店街で毛糸洗いのアクロンを買う。家に着いてすぐ、伊賀さんと舞子先輩に選んでもらった古着の黒いカーディガンを洗濯することにした。頭の中を真っ白にして、説明書通りに。洗濯機はつかわず、洗面台にぬるま湯をはって、やさしく手洗い。テーブルの上にバスタオルを置き、その上にカーディガンを広げて、てのひらでポンポンと叩く。こうするとシワが伸びて、仕上がりがよくなるらしい。

なんだっていいから自信が持ちたくて毛糸洗いをアクロンでする　――国友克夫

そんな歌が生まれた。

きっと伊賀さんはアクロンで洗濯なんかしないで、クリーニングに出すに決まっている。金のある社会人はいいよな……。

だけど、考えてみれば僕は今までバイトをしたこともない。勉強だって遊びだってちっとも真剣にやってない。すごく親しい友達もいない。だめな自分を心のどこかでゆるしてしまっている。そんなモラトリアムな童貞野郎が、伊賀さんに負けるのは当然じゃないか！

そうだ。

バイトしよう。

舞子先輩とも伊賀さんとも、しばらく距離を置こう。短歌は一人だってつくれるんだし。バイトしながら短歌をたくさんつくろう。

……こんな簡単なことに、どうして今まで気づかなかったのか、と思う。僕は、わくわくした。いてもたってもいられないって感じ。

PLAYBOY 78

舞子とふたり……

「僕、きょうは帰ります。ここからはおふたりで恋人たちの時間を、過ごしてください！」

そう言い捨てて、国友は帰ってしまった。

「なんか変なこと言ったかな？　俺」

なんとなく、取り残された気分。

「わたしはちょっと、国友くんの気持ちわかるな……」

舞子はふとんに肩まで深々ともぐった。

「伊賀さんも応募すればいいのに、こずかた」

「んー。舞子は？」

「わたしはパス。身のほどを知ってるから。全然だめだとも思ってないけど、一番には選ばれないよ、わたし」

……それはほんとうだと、俺は思った。そして一番に選ばれなくても、地味でよい歌というものは、あるのだ。

「わたしは『ばれん』にこつこつ歌を載せて、五百田先生に推薦文をもらえるくらいになったら、自費出版で歌集を出すの。それくらいでいい。卑下してるわけじゃないんだよ？」

「そうだな……。舞子はそれで歌集がきちんと評価されて、短歌専門誌に書評がたくさん出たりする……そんな歌人かもしれないな」

「みんなが伊賀寛介にはなれないし、ならなくてもいいと思うの」

俺はいったい、国友に、何をさせようとしていたんだろうか？

「伊賀さん、もう五年でしょ。そろそろ次の歌集を出していい頃だし、こずかたなんて伊賀さんのためにあるような賞じゃない？　デザインのプロなんだし」

正直、国友に応募させることばかり考えていて、自分で応募する気はまったくなかった。

石川啄木短歌大賞をもらって五年前に出した『てくらがり』を、超えるような作品がまるでつくれてないからだ。

「きっと笹伊藤さんとかも応募するんじゃないかな」

「……それはないよ。あいつ金持ちだし。いまさら賞に応募して、落ちたら恥ずかしいし」

「………」

舞子が沈黙したことで、俺は自分の本心に気づいてしまった。

俺は、恥を、かきたくないのだ。

なんか急にむらむらしてきた。舞子の顔を抱えて、ちゅーをする。

「風邪、うつるよ……。鎌倉で何かあった？」

そういえば鎌倉での出来事を、まだほとんど報告していなかった。

俺は下着だけになって、舞子のベッドにもぐり込むことにした。舞子は何をしてもあきらめ半分に受けいれてくれる気がしたが、きょうは射精はしないで話をしようと思った。

ふとんの中で手をつないで、慎先輩んちでの一部始終を伝える。

国友のいびきがひどくて眠れなかったと、やや大げさに話したら、

「伊賀さんの寝言だってすごいよ……」

と笑う。

「寝言って、たとえばどんなこと言ってる？」

「忘れちゃったけど。でも、ぺらぺらしゃべってるよ。もしかしてほんとは起きてるのかなあと思うくらい」

「知らない女の名前とかぺらぺら言ってる？」

「言ってる言ってる。知らない男の名前も」

……舞子とつながっているほうの手が汗ばんできて、もっとほかに話さなければならないことがあるのになと思っているうちに、眠りに落ちてしまった。

CHERRY BOY

79

僕のバイト探し……

昼から吉祥寺に来てみたのは、バイトを探すことにしたからだ。

というか吉祥寺に、おぼろげながら、あてがあった。ビデオレンタルショップだ。ツタヤではない。あんな恥ずかしいことがあったんだし、ツタヤにはもう行けない……。

駅の公園口を出て、南へ向かう。十五分くらい歩くと、「ＶＩＤＥＯ」という看板の、古い小さな店が見えてくる。

ガラス扉のところに、バイト募集の貼り紙がある。だいぶ前にここに来たときも見たのだけれど、あれからバイトの人は一度も決まらなかったんだろうか。それとも一度決まって、また募集する必要が出てきたのか。

僕は棚と棚のあいだを歩いてみた。

店は、まったく機械化されていない。学校の図書館で本を借りるときのような、アナログな手続きで借りる仕組みになっているみたいだ。

だから僕は、ここではまだ一度も借りたことがない。でも地下に意外と大きなスペースがあって、けっこうＨなビデオが充実してるっていうのは、まえに来たときから気になっていた……。

だけど「VIDEO」という看板に偽りはなく、ソフトはVHSテープが大半。これでは今の時代、客が来ないのではないかと心配になる。それとも年配の人で、まだVHSを愛用してる人は多いのか。

店番をしている太ったおじさんに、思いきって、声をかけてみた。

「すみません……、貼り紙のバイトって、まだ募集してますか？」

「え、バイト……君がやりたいの？」

おじさんは僕のことをじろじろ見た。上から下まで。

伊賀さん直伝のコーディネイトだから、変ではないはずだ。むしろ、おしゃれすぎたかもしれない……。

僕はただでさえハーフ顔だから、小ぎれいな格好をすると、目立ってしまう。最近は道を歩くと、いろんな人が僕を見ているような気がする。でも、ただの自意識過剰かもしれないし、気にしないようにしているのだ。

「はい。大学生なんですけど……」

僕は用意しておいた学生証を差し出した。おじさんは、ろくにそれを見ない。

「うちでいいの？　貼り紙に書いてあるけど時給安いよ、七百円」

「はい。僕アルバイト初めてなんで。それでもよろしければ……」

「君なんか、もっといいバイトできそうだけどね……通訳とかさ」

「すみません。日本語しか話せないんです」

「そうなの？　ま、お客さん日本人しか来ないし大丈夫だよ。そもそも日本人のお客さんも来ないからね、はっはっはっ」

おじさんは外国ドラマの役者みたいに笑った。

「……そうなんすか？」

「店閉めようと思ってんの。残ってるテープ売っぱらって……。たぶん桜が咲いて散る頃には、この店なくなるよ。いいかな？」

いいかなって言われても……。

でも、バイト初体験なんだし、練習と思えば、ありかもしれない。

桜の散る頃か……。

僕は、おじさんの散りそうな髪を、ちらちらと見た。

PLAYBOY 80

舞子にプロポーズ……

コーヒーの香りで目がさめたら、舞子の部屋で、俺は裸だった。

ちんちんの先がシーツにバリバリと張り付いてしまっていて、はがすとき痛みがあった。

そういえば今朝方、互い違いに指をからめて握っていた手を、ぐいと引き寄せたら舞子が、かんちがいしてサービスしてくれたのだった。大きく口がひらかないからと、やわらかい手で延々マッサージしながら、同時にちろちろと舌先で俺の乳首をなめてくれたので、いつもより気持ちいいくらいだった。

俺一人、いって、また眠りに落ちて。

時計を見ると、もう正午過ぎ……またもや遅刻決定だ。最近、会社の人は俺の遅刻に関しては何も言わない。そのぶん残業をして、つじつま合わせをしているからだけれども。

コーヒーだけ飲んで、朝飯兼昼飯は外でとることにした。

天気がいい。

いつもより足をのばして、「横尾」のカフェに行くことにする。日本酒と料理の店「横尾」が、比較的最近つくった姉妹店だ。

「わ、この店はまあ、ものすごいおしゃれだー」

木の地肌の色とペンキの白色を絶妙に組み合わせた店内に足を踏み入れて、舞子が目をまるくする。

「まだ連れてきたこと、なかったっけ」

「うん」

珍しくすいていたが、ガラス越しに外が見える大きなカウンターの、スツールに並んで腰掛けた。

舞子は比内地鶏のそぼろごはん、俺は焼きサケのまぜごはん。岩のりのすまし汁と、秋田の漬け物「いぶりがっこ」が付いてくる。

食べながらの話題は、やっぱり「こずかた」のこと。俺はもしも自分が応募するとしたら、どんなデザイン案にするだろうかと、ようやく現実的に考えるようになった。ふだん仕事でやっているデザインとは、思いきってちがうことができないものかと思う。

けれど舞子とあれこれ話しながらも、俺の脳裏に浮かんでは消えるのは、国友克夫歌集のデザイン案ばかりだ。

食後、ふたり揃ってチコリのカフェ・オレを飲んでいるとき、俺は唐突にプロポーズをしたくなった。

「舞子ってさ、結婚を考えたりはするの？」

「えっ……」

喜ぶかと思ったら、そうではなくて動揺した表情だったので、俺のほうも動揺した。

「結婚……伊賀さんと、ってこと？」

「俺と」

　まをおいて、表情がほころぶのかと思ったら、そうでもなくて固い表情のまま。俺もつられて顔がこわばってしまった感じがする。

「伊賀さん、こういうとき、正直に答えたほうがいいんでしょ？」

「……答えて」

「うーん。伊賀さんとわたしって、べつにそういうんじゃない……って気がしない？」

　がーん……。

　胸のあたりを慎先輩のグーで殴られたかと思った。

「それは、口では照れ隠しにそう言ってしまったものの、咄嗟に出た言葉とは裏腹に心の中では俺と結婚したいとか、そういうやつ？」

　舞子の目を、まっすぐ見て言うと、舞子も俺の目をまっすぐ見た。

CHERRY BOY

81

僕にささやく店長……

おじさんの名は小角達也、コスミタツヤと読む。店の正式名称は、なんと「タツヤ」だった。

「いつから来れるの？」

「いつでも。今、春休みなんで……」

「じゃあ、採用！　今から店番してよ」

「え……いいっすけど、昼飯まだなんで……」

「あ、そうか……」

店長と一緒に昼飯を食べることになるのだろうかと一瞬思ったが、

「そのへんで早く食べてきて！」

と店を追い出されてしまった。考えてみれば店番がいないのだから、ふたりで食事に出るわけにはいかない。

＊

店を出て五分ほど駅のほうに戻ると、カフェがあった。「フルーラン」という名前で、店の外と中に、花がこんもり飾ってある。店主がフラワーアレンジメントもやっているらしい。メニューにその詳細が書いてあった。

注文したクロックムッシュは、ラージサイズのブレンドコーヒーをふた口飲んだあたりでテーブルに運ばれてきた。クレソンと、串に刺したピクルスが添えてある。溶けたチーズとハムの挟まったトーストは、ひと切れの大きさがちょうどよくて、さくさくとあっというまに腹に収まった。

このクロックムッシュは八百円。

時給七百円か……。

これから始まるバイト生活のことを考えてみる。何時間働いたら、歌集を自費出版できるんだろう。

伊賀さんが教えてくれた不来方の空の歌集大賞は、優勝賞金二百万円だそうだ。しかも、「受賞作をうちで出版したい」という会社があったら、歌集が商業出版される可能性もあるのだ。

「もし出版したいと申し出る会社がなかったら、この賞金で自費出版してください……という意味なんだよ、これ」

伊賀さんはそう言っていたけれど、どちらにしても有り難い話だ。優勝できるなら……の話だけれど。

最初から無理だなんて思わず、あと一カ月、できるだけのことはしてみようか……。そんなふうに気持ちが傾き始めていた。

＊

「タツヤ」に戻ったら、挨拶もそこそこにレンタルの仕組みを説明された。ほんとに原始的な方法だった。

「もう新たなレンタルは受け付けないから。返却されてきたビデオだけ一応、受け取ってね。そのとき『四月で店をたたみます、今までありがとうございました』って、挨拶しといてくれる？　店に残ってるビデオとＤＶＤは中古販売するけど、たぶん売れないから。売れ残ったら、専門業者に処分してもらうから。ま、気楽にやってよ」

「はい……」

「ひまだったら、そこのテレビデオつかっていいよ。ＤＶＤは、そこのパソコンつかって」

指差したほうを見ると、知らないメーカーの、ボロボロのノートパソコンが置いてある。

最後に、客はだれもいないのに僕の耳に口を近づけ、

「ＡＶ観てもいいぞ……せんずりはこくなよ！」

と、ささやいて、おじさんは行ってしまった。

PLAYBOY 82

会社でボスから……

俺は宙ぶらりんな気持ちで会社へ向かった。ことわられるなんて、想像もしていなかった。

がらがらの井の頭線。

すわっている自分。

遅刻へと走る満員電車にてバンドエイドを中指に巻く　　――伊賀寛介

そんな歌を、昔々つくった。最近は満員電車には乗っていない。遅刻も当たり前になってしまった。バンドエイドを貼るような傷も、なんとなく懐かしい。

「ホワイト・デー、忘れてたでしょう？」

「横尾」で別れる直前、舞子は言った。べつに忘れていたわけではないが、お返しをしなければならないとも思わなかった。鎌倉みやげは忘れなかったし。

「ちがうの。お返しが欲しかったとか言ってるんじゃないよ。伊賀さんとわたしは、もともとそういう関係だって話」

そういう関係って？

「わたし、まだ学生だし。伊賀さんだって、あせることないよ。まだ若いんだし……」

俺が、あせってる？

俺は、まだ若い？

＊

会社についたら、皆がいっせいに俺の顔を見た。ボスが俺を呼んでいるという。珍しいことだ。やや緊張して、社長室のドアを叩く。

「伊賀です」

「入れよ」

社長といっても小さな会社だから、五十代のボスは現役でデザイナーをやっている。パソコンまわりには、つくりかけの版下……。

「伊賀、久しぶりだな」

……たしかに最近、顔を合わせていなかった。ボスは背が低いが色男だ。

「お元気そうで、なによりです」

俺も、わざと他人行儀に挨拶する。

「元気じゃないよ。もう聞いてるだろうけど、四月でこの会社から抜けることにした」

「え」

……初耳だ。同僚たちとも最近、ろくに話していなかった。

「まあ、会社は残るから、安心しろよ。でもおまえ、もうちょっとどうにかしないとな」

ボスは前々から、いつまでも東京にいるつもりはないと俺に語っていた。金が溜まったら、田舎に隠居すると。だから覚悟はしていたつもりだったのだが、こんなに早いとは……。

広告の世界には、若いとき一気に稼いで、あっさり隠居してしまう人が時々いる。でもそれはある世代にしかゆるされていない生き方で、俺の世代ではそんなの無理だろう。広告が儲かる時代なんて、とうの昔に終わった。

「伊賀はさ、短歌の先生で食ってくってつもりじゃないんだろ？」

俺は「先生」でもなんでもないし、短歌ではむろん食えないが、歌人であるということをボスだけには伝えてある。いや、ほかに知っている同僚もいるのか。歌集のデザインもやってるし。だれも面と向かってそんな話はしないけれど。

学生バイトだった俺を、いささか強引に社員デザイナーに抜擢してくれたのはボスだった。ボスがいない会社で、俺はこれからも同じように振る舞うことができるだろうか？　いや、絶対に無理だ。

「まだ早いっすよ。やめないでください……」

つい、国友みたいな敬語になってしまった。

CHERRY BOY

83

おじいさんのHビデオ……

午後二時から日付が変わるまで店番をした。途中、店長からカツサンドとペットボトルに入ったお茶の差し入れがあった。いきなりの十時間労働……。だけど覚悟していたよりずっとずっとヒマで、ビデオを返却にきた客は結局一人だけだった。

今どき珍しい腰のまがったおじいさん。返却されたのは女教師もののアダルトビデオで、僕は少し、せつなくなった。おじいさんはこのビデオを観ながら、女教師にあこがれる男子高生の気持ちになったりしたんだろうか。

四月でこの店が終わってしまうということを、ちゃんと口頭で説明したのだけれど、おじいさんはきょとんとしていた。「長いあいだのご利用ありがとうございました。ビデオのタツヤは閉店します」と書かれたコピーの手紙をおじいさんに渡した。毛筆の文字はわりと達筆。あの店長が自分で書いたらしい。

つぶれてしまうとわかっている店に、店番が必要だというのも、不思議な感じだった。人が死んだらお葬式をする……そんなふうに、店長はひとつずつ片づけないと次に行けない性格なのかもしれないと思う。

葬式は生きるわれらのためにやる　君を片づけ生きていくため　――佐田野慎

伊賀さんに貸してもらった、昔の「ばれん」に載っていた歌だ。

僕はいつも持ち歩いている大学ノートに、言葉の断片を書きとめながら時間が過ぎるのを待った。

カウンターの内側に隠れるように置いてあるテレビデオで、ビデオを観ようかとも思ったんだけれど、店長の言葉をまにうけて初日からそんなことをしてて、くびになったら元も子もない。

もうすぐハタチになるというのに、今までアルバイトを一度もしたことがなかったのは、イタリアでいじめられていじけていた僕のことを、両親が必要以上に甘やかしたからだ。

若芽とふたりで暮らすようになってからも、僕は海外にいる両親に遠くから甘えている。

だけどいつまでも子供のままではいられない。

夜十時過ぎに、携帯メールが届いた。

〈ホワイト・デーのお返しって、ちゃんとした？　伊賀寛介〉

……なんでそんなことをきくんだろう？

〈しましたよ。でも、チョコくれたの、若芽だけなんで。国友克夫〉

若芽には、吉祥寺ロンロンで売っていた、マカロンという流行りのお菓子をあげた。

ほんとうはもう一人、チョコをくれた人がいた。ツタヤの店員Aさん……。彼女にお返しをあげられるくらい図太かったら、僕は今ごろとっくに童貞を卒業していただろうと思う。

十二時ちょっと前に、店長が戻った。

「きょうはもういいよ。次はいつ来れるの？」

「あしたでもいいっすよ。でもこんな店番で役に立ってるんすか？」

「じゃあ、あしたも午後二時からよろしく！」

そんな話をしているとき、もしかしたら伊賀さんは、僕が瞳さんに連絡をとったかどうかを知りたかったのかもしれないと気づいた。

PLAYBOY 84

さよなら更紗……

ホワイト・デーを無視して平気なくらい、俺は人間関係にたかをくくっていた、ということなのかもしれない。

ボスが隠居を決意したのは、じつは体調不良のせいらしい。めまいがひどくて検査を繰り返したが原因がはっきりせず、食事・睡眠・仕事・休養・運動など、毎日の生活のリズムを整えることを医者からすすめられたのだという。たしかに広告の仕事は不規則で、まじめにやろうとしたら体調を壊すものだ。

その点、俺はボスに言わせれば「要領がいい」。けれどつまり、仕事に対してまじめさが欠けているということでもあるんだろうか。

そんな気持ちでパソコンを立ち上げたら、〈絶縁状〉という件名のメールが届いていた。

差出人は……荒木更紗。

〈伊賀寛介様。あなた様がそこまで卑怯極まりない男だとは知りませんでした。女性に手が早いという噂は耳にしていたものの、もう少し誠実なところのある大人だと信じていたわたしが愚かでした。

バレンタインのチョコレートに添えたカード、まさか無視されるとは思いませんでした。あれでわたしの気持ちははっきりしました。二度とわたしに近づかないでください。もともとわたしはあなた様のファンでもなんでもなく、「伊賀寛介のユーザー」でしたが、これからはもちろんあなた様の歌を見るのはやめます。わたしの歌も見ないでください。人のことを見下すのはいいかげんにしてほしい。いつだって、そうやって、ばかにして。痛い目にあいますよ。これから、あなた様の人生にはいいことなんか絶対ありません。なぜか。わたしが怨念を送り続けるからです。

何度も言ってすみませんが、二度とわたしのまわりをうろつかないでください。はっきり言って、キモいです。

さようなら！　伊賀寛介に捧げる歌です。

最後まで汚い嘘をつき続け　きっとこの人あやまるつもり　――荒木更紗〉

……俺は呆然とした。何なんだ、これ……。

最初は無視しようかと思ったが、気になって仕事が手につかないので返信することにした。こういう相手には、とにかく謝るに限る。

〈荒木更紗様。もしお気にさわることをしてしまったのでしたら、おわびします。すみません。ただ、せめて何に怒っているのかだけでも、お聞かせ願えませんか。伊賀寛介〉

メールを送信して、五分もしないうちに、またメールが届いた。
件名は、〈もうメールしないでください〉。
本文には、短歌が書いてあるだけだった。

謝られ　もうよしとする　許さなくたって生きてく人なのだから　――荒木更紗

……俺は、パソコン画面を、ただぼんやり見つめた。ものすごい怒りのエネルギーが伝わってきて、これはたぶん今から何をしても「手遅れ」だ……と思う。

CHERRY BOY

85

僕はハンサムくん……

二時少し前、「タツヤ」に着いたら、

「おっ、ハンサムくん。ちゃんと来たか！」

店長が笑った。

「当たり前っすよ。僕はハンサムくんじゃなくて国友です」

憮然としてしまった。

「国友ハンサムくん、これ、バイト代ね」

バイト代って、こんなふうに、翌日払いされるものなのかな……。千円札が八枚ある。

「一枚多いっすよ」

返そうとしたら、交通費だから受け取っておきなさいと言う。反射的に有り難くちょうだいしたけれど、考えてみたら電車賃はそんなにかかってないし、たいした仕事もしてない。

こんなふうにアバウトだから店がつぶれるのでは……と思った。

「……あの、僕、バイトを無断でサボる人間に見えました？」

「見えた見えた。ハンサムだしね。女の子、泣かしてるんでしょ？　まあＡＶなんか観る必要なしか。最近の若者は観ないねＡＶ……」

店長はとてもとてもさびしそうな顔になった。

「そんなことないっすよ、だ、大好きです、ＡＶ……」

わざとらしい言い方になってしまった。これじゃあ、「女の子、泣かしてるんでしょ」という決めつけを、肯定したみたいだ……。

「なら、遠慮なく観てよ。ヒマでしょ？」

「はい。あ、いえ。ありがとうございます。僕、ＡＶ大好きなんすよ。観ます！　ＡＶ観たくてこのバイトを選んだと言っても過言じゃないというか……」

……余計なことを力説してしまった。

店長の手元に、ビデオの貸し出しリストは一応あるみたいだけれど、電話で催促したりする気はないようだ。店長はコピーでつくった新しいちらしを渡して、「これも一緒に配っといて」と言った。

〈この夏、タツヤは健康食品の店として再スタートします。今後ともどうぞよろしくお願いします〉

また達筆の筆文字で書いてある。

「店長が書いたんすか、これ」

「うまいでしょ」

「うまいっすね。書道の先生になれますよ」

「書道塾、やってたの昔。つぶれたけど」

それ以上詮索したらだめな気がして、僕が黙っていると、店長は手のひらをひらひらさせて、

「じゃ、よろしくね！」

どこかへ行ってしまった。

「……」

しーんとした店内を歩いて、地下にあるAVコーナーを見てみる。ツタヤでは見かけないような、珍しいメーカーのビデオが並んだコーナーで立ちどまる。

古い日本映画のような写真のついた、地味なパッケージだ。ヘンリー塚本監督、と書いてある。『18才たちの夏物語　私の肉体はもう大人だよ！』というすごい題の一本を、テレビデオで観てみることにした。

……映像も、ふつうのHなDVDとちがって、古い日本映画みたいだった。昔の女子学生ふうな女優たちは、今どきありえないノリだけれど、過去には実在したみたいに思えて、逆にリアル。僕は画面を凝視した。何度も巻き戻して……。そして我慢できなくなり、トイレに駆け込んだ。

PLAYBOY

86

舞子の告白……

二日酔いのまま午後イチで出社し、会社の Mac を立ち上げる。

もちろん問題なく立ち上がった。しかし、俺の短歌は戻ってこない……。

昨晩、ボスと久々に差しで飲んだら、緊張のせいかまったく酔えなくて、気がついたらものすごい量のアルコールを摂取していたらしい。

きのうに限って、もっぱらプライベートでつかっている iBook を会社に持参していたわけだけれど、いったいどこで置き忘れたのか、まったく記憶にないのだった。

さっき会社のそばの交番に届け出てはみたものの、見つかる可能性は低いだろうと言われた。俺の iBook にはワイセツ画像とかは入っていない。短歌や短歌に関するエッセイなどが整理されて詰まっているだけだ。だが、iBook を拾った人にとって、そんなものはクズにしか見えまい。

あーあ……。なんでこんな目に……。

「ばれん」に発表した歌は、活字になっているから消えたりしない。けれど「こずかた」に応募できるような未発表作はすべて、あの iBook の中である。

仕事のデータのバックアップなら日々こまめにとってあるが、短歌はこれから整理してバックアップをとるつもりだったのに……。

記憶で再現できないような短歌は捨てていいと、昔は豪語していたのだが、最近はめっきり記憶に残る新作をつくれなくなっていた。それは俺の記憶力が衰えているからか。それとも「捨てていい」から忘れるのか。

……両方かもしれない、と思う。

頭が重い。いやな予感をまといつつメーラーをひらくと、舞子からメールが届いていた。

〈伊賀寛介様。

思いもよらないことだったので、あのときは変な対応をしてしまって、ごめんなさい。

伊賀さんのことだから、「そうは言っても舞子は、本音では俺と結婚したいはず」とか解釈してるんじゃないかと心配になって、念のためメールを差し上げることにしました。

私はだれよりも歌人・伊賀寛介のファンだし、伊賀さんとおつきあいしていることが、いつしか自分の存在証明みたいになっていたような気すらします。

だけど最近の伊賀さんは、なんか、おかしい。自信満々で不遜だったあの伊賀寛介は、どこにいってしまったの？

正直言って最近の伊賀さん、歌もあんまりよくないです。笹伊藤冬井なんかにイライラする伊賀寛介じゃ、なかったはずでしょう？

こんなこと正直に告白して、メリットなんて何ひとつないだろうけれど、わたしは笹伊藤さんと、一度だけホテルに行ったことがあります。去年、「刹那」の歌会に参加したときに……。ごめんなさい。怒った？　幻滅した？

でも伊賀さん、わたしにも感情はあるんだよ。歌人である以前に、一応これでも女なの。

わたしたち、今までのようにふたりきりで会ったりするのは、もう、やめましょう。

伊賀寛介が一日も早く本来の伊賀寛介に戻るよう、遠くからお祈りしています。須之内舞子〉

CHERRY BOY

87

上戸さんにいじられて……

巻き戻しボタンをいじって何回も君をいかせてしまってごめん　――国友克夫

そんな歌を詠んだ。

何回もいったのは、ビデオの中の「君」というよりも、僕のほうだったんだけど……。

そうだ、僕は童貞である今のうちに、童貞っぽい歌を、たくさんつくっておこう……。

伊賀寛介には書けない歌、それは童貞ならではの歌かもしれない。

などと思っていたら、店長が七時頃ひょっこり帰ってきた。差し入れはコンビニ弁当とか。

井村屋のあんまん食べる　本当のさよならなんてしたことないの　――国友克夫

肉まん、あんまんを分け合って食べながら、頭の中にそんな歌も生まれた。語尾は女の子みたいだけど、「ないよ」でも「ないさ」でも「ないぜ」でもない気がした。

「AV観た？」

店長が目を輝かせる。

「観ました観ました。もう、とっかえひっかえっすよ！」

「とっかえひっかえか！　若いな！」

店長、やたらと嬉しそうだ。わけわかんないけど、僕もあいまいに笑っておく。

「店長、きょうは何時までいればいいっすか。やっぱ十二時まで？」

「あ、なんか用事ある？　早く帰りたいなら、いいよ」

「いえ、何時までここにいるかわからないと、不安だから……」

「わかった！　デートだな。じゃあ、きょうはこれで帰っていいよ」

有無を言わせない感じで千円札四枚を差し出す。やっぱり少し多いような気もするけど、遠慮せずに受け取った。

「ありがとうございます。あしたって、どうしますか？」

「うん、来れたら来て。来れなかったら、いい」

「……そんなんで、いいんですか、ほんとに」

「いいのいいの！」

手をひらひらさせてる店長に背中を見つめられて、店を出る。

＊

思いつきで予約もせず、例のマッサージの店に来てみたのだけれど、ラッキーなことに上戸千香さんの手はあいていた。

「きょうはひとり？」

「はい。三十分だけ……いいっすか」

肩がこるようなことなんて何もしてないけど、こないだ「また来ます」って約束しちゃったし。初めてのバイト代の使い道として、わるくないんじゃないかと思ったのだ。

だけど、いざ肩を揉んでもらったら、また声が出るほど痛かった。

「揉みがいがあるわー」

「そこ、痛いっすよー」

変なアルバイトを始めたことも、話した。

「それ、だまされてるんじゃないのー？」

「僕をだまして、何か、トクになりますかねー？」

上戸さんはのんびり話す。つられて僕の語尾も伸ばし気味になる。

「だって国友くん、かわいいから、だましたくなるよー」

体をさわられながらそんなことを言われて、どんな顔をしたらいいか、わからなかった。

PLAYBOY 88

舞子をストーカー……

珍しく早い時刻に顔を出した会社を早退することにして、これまた珍しく会社にいるボスに一言報告したら、

「お、二日酔いか？」

と笑われてしまった。

「いえ……失恋です」

そう答えたらさらに笑ってもらえるかもしれないと一瞬考えたものの、

「はい、二日酔いです……すみません」

と答えて会社を出る。

失恋だなんて、自分で認めたくなかった。

＊

舞子のアパートは鍵が取り替えられていて、俺の持ってる合鍵が刺さらなくなっていた。愕然とする。まさかそんなことをされるとは思っていなかった。まるでストーカー扱いで

はないか。

ストーカーというものは皆、「俺は今まるでストーカーみたいだ」と思いながら、まさにストーカーになっているのだと昔テレビで専門家が警告していた。

俺は今まるでストーカーみたいだ。

だが自覚があるということはストーカーではないのではないか。ストーカーだとしても、たちのいいストーカーなのではないか。

ただ舞子と話したいだけだ。話せばきっとわかってもらえる。何かのまちがいであることは明らかではないか。

しかし大家さんが階下に住んでいるし、ドアを叩いたりはしたくなかった。

舞子の携帯には何度かけても通じない。メールは送れるが返信はない。

国友……。そうだ、国友に頼めば、舞子とまた会うチャンスがつくれるんじゃないか。

そう思いついて、汗がすーっとひくのを感じた。大丈夫。国友がいるから。大丈夫だ。

しかし国友の携帯にかけても……出ない。まだ起きてるだろう、この時間なら。

三回目……。国友がもしかして舞子の部屋にいるのではないか、そんな気がしてきて、それは確信に満ちてきて、俺はいてもたってもいられなくなり、思わずドアを叩いてしまった。

「国友！　いるんだろ、国友！」

返事はない。ドアに耳をつけても人の気配はしない。

息を殺したふたりがベッドの中で抱き合っているさまを想像する。

そんなはずはないと、すぐに打ち消す。

俺のいったい何がいけなかったというのか。

舞子の体を道具のように扱ったことか？

でもあれは合意の上だったはず。

浮気したことか？

……それはたしかに俺が悪かった。だけど舞子のやつも同罪だ。よりによって笹伊藤冬井なんかと……。

なんでだ？　なんで俺じゃなく、笹伊藤冬井なんだ？

「笹伊藤！　そこにいるのか笹伊藤！」

叫んでから、京都にいるはずの笹伊藤冬井がここにいるのは不自然だとも思う。

でも舞子が俺を拒絶することのほうがもっと不自然だ。

嘘だ。これは夢だ。

舞子からのメールも夢だったんじゃないか。

二日酔いだしな。

笹伊藤と舞子が、そんな。ありえない。

「笹伊藤!?　国友!?　舞子!?」

俺は叫び続けた。

CHERRY BOY

89

上戸さんちで僕は……

僕が千円札を三枚差し出したら、上戸さんはそれを両手でしっかり受け取って、

「ありがとうございました」

はきはきと言った。アレルギーはおさまっているみたいで、きょうは、くしゃみもしない。中国語ができるのはじつは日中のハーフだからで、お母さんが中国の人なのだそうだ。

「きょうはこれであがるから、少し待ってて。なにかおごるよ」

上戸さんが支度するあいだ、携帯をちょっと見たら伊賀さんからの着信が何件も……。でも無視することにした。用事があるなら、いつもみたいに携帯メールくれればいいのに。

雑居ビルのエレベーターに一緒に乗って、一階までおりた。けれど僕はあえて、過剰な期待はしないように自分に言い聞かせた。

このまま素敵なことが起こるなんて、夢みてはいけない。ドラマじゃないんだから。

＊

この部屋に伊賀さんも来たんだろうかと、僕は緊張してドアをあけた。

「伊賀さんも来たんだよ、この部屋」

ああ、やっぱり……。

コンビニで買ってきたビールやつまみを、ビニールの袋ごと上戸さんに渡す。

「未成年者だっけ？」

「四月でもうハタチっす」

「じゃあ、いいよね」

僕は大学の飲み会でもほとんど飲まないのだけれど、未成年者だから法律を律儀に守っている、というわけではない。イタリアでは子供もふつうにワインを飲んでいた。だから学生仲間が大人ぶって酒を飲むのが、かっこ悪く思えてしまって、なんとなく飲まなくなっていただけだ。ほんとうは強いのだ、酒。

などと気負って飲み始めたけれど、上戸さんは僕なんかよりもっともっと強かった……。

「揉んであげるよ」

僕をベッドに押し倒し、馬乗りになってくる上戸さん。なんて積極的なんだ……。

緊張してコチコチになってしまう。下半身も……。

いつのまにかジーンズも脱がされ、Tシャツとボクサーブリーフ一枚になっていた。

ふざけるみたいな感じで上戸さんが、僕の股間に手を伸ばした瞬間、なさけないことに、射精してしまった。下着の中に……。

「ごめん……」

僕より先に上戸さんが口に出した。

「わたし、レズビアンなんだ。期待してたとしたら、ごめんね……」

「え。だって……、伊賀さんも来たって……」

僕はトイレを借りて、トイレットペーパーで下着の中をぬぐった。

上戸さんの告白はどこまで事実か僕にはわからなかったけれど、伊賀さんと上戸さんはこの部屋でお互いにマッサージし合いながら、しりとり遊びを朝まで延々続けたのだそうだ。

そのとき撮ったという写真をコンパクトなデジカメごと見せてくれた。セルフポートレートを撮るのが上戸さんの趣味だという。

伊賀さんと上戸さんの赤い笑顔が並んでいる。

PLAYBOY 90

メガネ美女に会おう……

携帯メールが届いた。

舞子か国友からだろうと思って慌てて見たら、ちがった。

奈緒……。

まえに一度寝ただけのあいつが、今は笹伊藤冬井にブックデザインを頼むような小東奈緒が、こんな夜中に、いったい何を……？

〈伊賀寛介様。もうこれ以上、荒木更紗さんにつきまとうのはおやめください。更紗さんは今、ノイローゼ状態になってしまっています。今後一切、連絡しないと、わたしに約束してください。さもないと、五百田案山子先生に、真実を伝えるお手紙を書きます。石川啄木短歌大賞の名が泣きますよ。小東奈緒〉

……何なんだ、これ。

俺は更紗になど一切つきまとっていない。これは……更紗が奈緒にそう言っている、ということなのだろうか。

だとしたら、何かの未練をひきずっているのは俺ではなく、更紗自身だ。

たしかに舞子には今、こうしてつきまとおうとしているかもしれない。しかしそれは舞子だからであって、更紗なんかどうでもいい。いわんや、奈緒をや。
奈緒からのメールを何度か読み返しているうちに、俺はだんだんと正気になってきた。
色恋沙汰は、人の心をおかしくさせる。
俺の心も今、こんなふうに、変な色になっているのか？
引き返そう……もういちど。今なら、まだ、きっと、まにあう。
もう少しだけ明るい場所に戻って、一からやり直そう。
俺は合鍵を郵便受けの中にカチリと置いた。
そして音をたてないように階段をおりて、門を出た。

＊

電車はまだある時刻だったが、頭を冷やしたくて、西荻窪から吉祥寺まで歩いて帰ることにする。
短歌が次々と生まれた。

　そんな骨なんで大事に持ってるの　言われて気づくまで気づかない

なつかしい夢しか好きなものがない　あなたもはやくなつかしくなれ

これからもきっといろいろあるけれどいつかなつかしいんなら愛だ　――伊賀寛介

そういえばコンタクト売り場のメガネ美女は、あれからどうしてるだろうか……。

電話番号を書いたメモをもらったはずだが、どこかになくしてしまった。

あした、久々に使い捨てコンタクトを買いにいこうか……と、思いつく。

そうだ、それがいい。明るい道は、そっちの道だ！

けれどやっと吉祥寺駅に辿り着き、ガード下をくぐって、あの店のある大通りへゆっくり踏み出そうとしたら、風景が以前とはちがっていることに気づいた。

……メガネ屋は、なくなっていて、真新しい動物病院の看板が出ていた。

CHERRY BOY

91

舞子先輩のお願い……

天気が悪くなりそうだけど傘を忘れた。AVコーナーの一本を選んでレジ前に戻った瞬間、舞子先輩から携帯メールが届く。

〈お願い。本日これからちょっと会ってくれない？　笹伊藤冬井の歌集、貸します。舞子〉

笹伊藤冬井の歌集をだしにするなんて、さすが舞子先輩、僕のことをわかってる……。

〈了解です。吉祥寺でいいっすか？　バイトなんすよ。国友克夫〉

それからしばらく返信がなくて、舞子先輩からの言葉を待ちながらAVを観るのは気がとがめたし、僕は上戸さんちでの一夜のことを思い返していた。

あの日、僕は生まれて初めて「朝帰り」したわけだけれど、若芽は何も言わなかった。でもボクサーブリーフの中に勝手に射精してしまったあとは、上戸さんと飲みながら朝まで話していただけだ。

不来方の空の歌集大賞の話もした。歌集デザインに写真を取り入れるのはどうかなと上戸さんは言った。しかもちょうど新しいデジカメを買ったところだから、古いほうを貸してくれるという。きょうも持ち歩いてるその古いデジカメの中には、上戸さんと伊賀さんが裸でじゃれている写真も入ったままだ……。

「伊賀さんて、昔はデブだったでしょう？」

上戸さんがそんなことを言ったから驚いた。

「え。そんな話、聞いたことないっすよ？」

「わたしみたいな仕事してると、昔太ってて痩せた人って、わかるの。裸を見ると一発」

太った伊賀さんの姿……イメージしにくい。

などと思っていたら、ちょうど、太った店長が差し入れのコンビニ袋を持ってあらわれる。

きょうは午前中からレジに入ったから、これから昼飯なのだ。

と、タイミングをはかったように、僕の携帯が鳴る。舞子先輩だ。店長に軽く頭をさげて、電話に出ることにする。

「もしもし。今、バイト中なんすよ……」

「ごめん。吉祥寺についたんだけど、いつなら大丈夫？」

「とりあえず今は無理っすね。あとで、かけなおしていいっすか？」

店長はニヤニヤして、「とっかえひっかえ……」とか、つぶやいたりしている。

「行ってこいよ。女には優しくしないとね。きょうはこのまま帰ってもいいからね……」

＊

店長の差し入れの中身が何だったのかもわからないまま、舞子先輩に指定された駅前のボアに向かった。

「洋菓子・喫茶 ボア」と書かれた看板。通りすがりに店の外を見たことはあったけど、店内に入るのは初めてだ。

入り口のところのショーケースで、ケーキをつくるための道具やスプーンを展示販売している。この店オリジナルの、青児画伯作の包装紙、というのも売っている。老舗なのだ。たぶん昔はケーキとかも売っていたんだろう。

年季の入った店内の一番奥で、暗い表情の舞子先輩が「イライラを抑え胃にやさしいオレンジ・スパイサー」(手作りクッキー付き)を飲んでいた。僕はブレンドと「小倉トースト」を頼んだ。コーヒーが来るより前に、ものすごい音で雨が降り出した。

PLAYBOY

92

どしゃぶりの舞子……

ずぶぬれになって、喫茶「ボア」に入ったら、舞子の隣には国友がいた。ゆであずきと生クリームがのった、小倉トーストを食べている。

……そういうことかよ舞子。伊賀寛介から国友克夫に乗り換えたんだ。おまえたちは結局、もともと結ばれる運命だったんだな……。

ひどく「複雑な気持ち」がわきあがってきたが、不思議と冷静だった。

「伊賀さん!?」

国友が意外そうな声を出し、舞子の顔を見る。舞子は、目を伏せている。

最後に一度だけ会ってくれとメールしたら、舞子がこの店を指定したのだ。

「ごめん、国友くん。わたし伊賀さんとお別れすることになって……怖いから、だれかにそばにいてほしくて」

国友が俺の顔を見る。

「怖いからって……、ひでえ言い草だな……」

俺はコーヒーを注文した。朝から何も食ってないが、食欲がない。

「………」

そのあとはひたすら沈黙が続いた。ほかに客はいない。コーヒーを持ってきてくれた店のおばちゃんが、俺たちの無言合戦に気をつかっているのが伝わってくる。国友と舞子はもう寝たのか……そんなことを考えたりした。

昔、この店で女の子に泣かれたことがある。当時も舞子とはつきあっていたが、例によって新しく「ばれん」に来た女の子に手を出した。その子は「ばれん」をあっというまにやめてしまったから、名前もよく覚えていない。

その子と舞子は、ある日の歌会に、ほとんど同じ内容の歌をそれぞれ提出した。それで俺の二股がバレてしまったのだ。俺がどの女にも、おんなじピロートークを聞かせていたせいなのだけど……。

あのとき舞子は涙を一切みせなかった。でもそれは俺の前では泣かなかった、というだけのことかもしれない。

そう思ったら自動的に涙が出てきた。俺ともあろう男が……。涙はとまらず、舞子はこわばった顔でこちらを見ている。気がついたら俺は、「ボア」の床の上で土下座していた。濡れたジーンズが足にぴったり張りついていて気持ちが悪い。

「舞子、戻ってきて俺と結婚してください！」

顔を上げると、俺の想像とちがって、舞子は泣きそうなのに笑いそうな表情をしていた。

「伊賀さん、やめてよ……もう、無理でしょう？　自分で、わかってるんでしょう？」

俺はもう一度、頭を床に強くこすりつけた。

「伊賀さん……、かっこ悪いっすよ……」

国友の声が降ってきた。かっこ悪くてもいいんだよ、国友……。おまえにはまだ、わからないだろうけどな。

国友が千円札三枚をテーブルに置いた。金額が少し多い気がする。もしかして、俺のぶんも含まれているのか?

国友に手をひかれて、舞子が出口に向かうのを、俺は床の上に正座して見送った。外はまだ、大雨のはず。

いつまでも正座しているわけにはいかず、立ち上がる。椅子に腰かけ、カップの底に残ったコーヒーを飲む。ショートホープに火をつける。店のおばちゃんが、こちらを見ないようにしているのが、わかる。

CHERRY BOY

93

舞子先輩と虹を……

ガード下で雨やどりしていたら、わりとすぐに雨がやんで、しかも太陽が照ってきた。

「虹が出るかもね……」

舞子先輩がそう言うので空を探したら、ほんとうに虹がかかっていた。道行く人が皆、携帯のカメラで空を撮影している。僕はデジカメを取り出して、大慌てで構えたのだけれど、消えかかった淡い色しか写せなかった。

がっかりしていたら舞子先輩が、

「わたしたちは五七五七七のフレームで捉えればいいのよ、虹を」

と言った。ああ、そのとおりだなと思った。

なんとなく井の頭線に乗って渋谷まで出ることになった。車内ではふたりして虹の短歌を詠み、一首生まれるたびにお互いの携帯メールに送り合った。けっこうな数詠んでみたのだけれど、最終的に残ったのはこんな歌だ。


さっきからずっと出ている虹だからまだ見てるのは私だけかも　――須之内舞子

虹を見た　もっと見ようと思ったら消えていたけど二人で見てた　　——国友克夫

こんな歌もあった。

こんなにもかわいい恋の命日をいつかあたしは忘れちゃうんだ　　——須之内舞子

渋谷では、あてもなく歩いた。日が暮れて、空腹になった頃にNHKのあたりにいて、たまたま目についた「ザリガニカフェ」という、雰囲気のある店に入った。店員さんおすすめのザリガニカレーは、ザリガニは入っていなくて、おいしかった。ビールもおかわりして飲んで、僕がおごりたかったけれど、ワリカンということになった。

それからまた、目的地もなく歩き回った。

「プール行こうか？」

舞子先輩が突然そう言いだしたのは、夏になったら海に行こうと話していたことを思いだしたせいなのか。どんどん先を行く舞子先輩についていくと、そこはラブホテルだった。

「私が払うから大丈夫」

僕が躊躇していたのはお金のせいだけではなかったのに、舞子先輩は素早く手続きを済ませて、僕の手をひいた。

「おまえ、ホテル代くらい稼いでおかないとだめじゃないか……」

耳元で伊賀さんの声が聞こえた気がした。

＊

側面が透明な、水槽みたいなプールのある部屋だった。水はお世辞にもきれいとは言えないけれど、赤や青や緑でライトアップされている。虹を連想した。

「きゃーっ、夏だ夏！」

舞子先輩は、意味不明のことを言って、はしゃいだ。プールの水に手をつっこんでみたら、わりとあたたかい。

水着もないし、泳ぐとしたら、全裸……。

僕は想像しただけで、また下着の中を汚してしまいそうだった。

「あの、舞子先輩……お願いがあるんです。あした、僕の誕生日なんすけど……」

……さっきまでは考えてもいなかったことを、声に出していた。

PLAYBOY
94

俺の新しい歌……

そうして俺は旅に出た。旅といっても魂だけの旅。
会社の仕事を着々とこなし、新しい歌を一首ずつ書きとめていく。
消えてしまった歌は全部捨てて、もういちど立ち上がるように。
なくしてしまったものへと語りかけながら。
詠むことは、祈ることに似ている。

ひらかないほうのとびらにもたれれば僕らはいつでも移動の途中

坂の多い街に生まれ育った　で　君の生い立ち話はおわる

ブラひもがみえることとか　そのひもがみせるためのであることとか

ゼビウスのテーマが車両に響いてる　地下鉄はいま地上に出てく

あっ10円　地面のそれはつぶされてひしゃげた学生服のボタンで

わたしクラスで最初にピアスあけたんだ　君の昔話にゆれる野あざみ

バス停の屋根から草がはえていた　バス停からははえてなかった

ポケットのたくさんついた服が好きでしょ　って勝手に決めつけられる

夕立に子供がはしゃぐ　世界とは呼べないなにかが輝いている

明るすぎてみえないものが多すぎる　たとえば　いいや　やっぱやめとく

Tシャツの裾をつかまれどこまでも夏の夜ってあまくて白い

雷？　いやおそらく花火　去年の春いっしょにあるいたあの川あたり

君は僕のとなりで僕に関係ないことで泣く　いいにおいをさせて

いつまでもおぼえていよう　君にゆで玉子の殻をむいてもらった

遠くまで行く必要はなくなった　遠くに行ける　そんな気がした

一気に生まれた十五首の連作。
言葉の輪郭の保ち方が、今までと大きくちがうような気がして、字余りも字足らずも多いけれど、これでいい……いや、これがいいのではないかと確信を持つ。
ここから拡げて百首にまとめることができないだろうか……。
『東京がどんな街かいつかだれかに訊かれることがあったら、
夏になると毎週末かならずどこかの水辺で花火大会のある街だと答えよう』
……そんな連作の題が浮かんだとき、こずかたに応募してみようと思った。
この長い長い題をそのまま歌集名にするとしたら、どんなデザインが似合うんだろう……。

CHERRY BOY

95

若芽からのプレゼント……

掃除機の音で目がさめた。僕の部屋は防音がしっかりしてるはずなのに、ドアが半分あいていた。若芽があけたのか。それとも僕があけたまま寝てたのか。

掃除機の音で起きてもごきげんな一年ぶりの誕生日です　――国友克夫

僕のごきげんに水をさすみたいにベルが鳴り、電話に出ると母からの国際電話だった。

「克夫！　ハタチ、おめでとう！」

「あ。ありがとう……」

「克夫、父さんだ、そろそろ彼女できたか？」

「できてないよ！」

父親から余計なことを言われてむっとしていたら、若芽が受話器を僕の手から奪う。あとはまかせたよ、若芽。

自分では思いつかない事だからあなたが産んでくれてよかった　――国友克夫

誕生日イブは舞子先輩とラブホテルにいた。

なんだか夢の中での出来事だったみたいだけど、上戸さんから借りているデジカメには、その証拠が残っている。

舞子さんが撮影してくれた僕のヌード……。舞子さんはついに僕にはカメラを構えさせてくれなかったから、写っているのは僕だけだ。


きみをみて一部元気になったのでプールサイドで三角すわり　――国友克夫

不来方の空の歌集大賞に応募するにあたって、僕自身が被写体となった写真を、デザインにつかう案を考えた。せっかく美しい顔とからだに産んでもらったのだし、この武器をつかわない手はないだろう。

歌集の表紙の題字をタツヤ店長に書いてもらいたくて、電話で打診してみたのだけど、「そういうのは自分で書いたほうがいい。習字、教えてやるからさ」と諭されてしまった。


やんなくちゃなんないときはやんなくちゃなんないことをさあやんなくちゃ　――伊賀寛介

という伊賀さんの歌を思い出す。

十代のうちに童貞を捨てることはできなかったけれど、あせるのはもう、やめにした。

「おにい、これ誕生日プレゼント。高かったんだから、感謝してよね。もうあたしのやつ勝手につかわないで！」

電話を終えた若芽が、真新しいノートパソコンをリビングのテーブルにどーんと置いたので、驚愕してしまった。

「ど、どうしたの、これ……」

「だから誕生日プレゼント。まとまったお金をもらったから、フンパツしました。おにいのことをあれこれ利用して稼がせてもらったんだけど、その一部始終がバレてもゆるしてくれるよね？　それじゃ、いってきまーす！」

……まったく事情をのみこめずにいる僕に一方的にペラペラまくしたててから、若芽は学校に行ってしまった。

若芽、おまえは顔は可愛いのに、なんだか底知れないところがある、恐ろしい子だ……。

兄は心配だよ……。

PLAYBOY 96

瞳の歌集……

久々に足を運んだ「風庵」は、アジア料理の店をやめて、和食の店に生まれ変わっていた。店の外に置いてあるメニューを見るかぎりは和食も良さそうだったけれど、一人で飯を食うような雰囲気ではなかったので、予定変更。

「A.B.Cafe」にした。このカフェは地下にあるのにドコモの携帯がつかえる。白い壁に、影絵のように時計が投影されていて美しい。日付が変わるくらいの時刻、酒ではなくて飯を目的に入れるような店が、吉祥寺には意外と少ない。

カップルに優しく、一人者には冷たい街だ。

ヘルシーどんぶりを食べ終わり、ソイカフェのホットを飲んでいるとき、携帯メールが届いた。瞳からだった。

＊

〈伊賀寛介様。
一度プライベートの Mac 用アドレスにもメールしたのですが、お返事がないようなので、念のため携帯のほうにも送ってみます。長文がいくつかに分断されてしまうかもしれないけど、ご勘弁ください。

池袋のぽろうるが四月いっぱいで閉店になるというニュースを聞いて、どうしてもメールしたくなりました。

なんだかひとつの時代が終わってしまうようで……さびしいですね。東京にいないと歌集を入手するのも一苦労ですが、これからは東京にいても歌集を手にするのは難しくなるのかも……。ネットで買うことは一応できるけれど、実物を手にとってみないと歌集の善し悪しは判断できないと、伊賀さんがいつか力説していたこと、思いださずにはいられません。

伊賀さんの好きだった「真剣10代しゃべり場」も終わってしまったみたいですね。永遠に続くことなんて、ないと頭でわかってはいても、何かが終わるたびに、せつなくなります。

舞子さんや国友くんはお元気ですか。相変わらず仲よく喧嘩してるのかな。このあいだ、伊賀さんと舞子さんがついに結婚するという夢をみました。正夢になるといいのに……。五百田案山子先生が亡くなる……という夢もみました。わたし、けっこう根に持つタイプだったみたい。この夢は正夢にならないよう、お祈りしています。

わたしの歌集のこと、気にかけてくださって、ありがとうございます。不来方の空の歌集大賞は、「ばれん」のみんなも応募するんでしょうね。ネットの噂では、笹伊藤冬井さんが審査員の一人だとか。笹伊藤さん、売れっ子写真家になりましたものね。

まえにお目にかかったとき、彼が伊賀さんの話ばかりするので苦笑してしまいました。伊賀さんと笹伊藤さんは、相思相愛ですよ。男同士のライバル関係って、あこがれてしまうところがあります。

伊賀さんが新境地の百首と斬新なデザインを応募して、笹伊藤さんも認めざるをえない、そんなドラマが生まれたらいいのにと、夢みてしまったりもします。

お察しのように、わたしが出版を準備していた歌集はあのあと頓挫していました。「ばれん」をやめてしまったのだから、短歌もやめるつもりでいたし。

けれど結局、今でも歌を詠むことは一人でこつこつ続けています。わたしにとって短歌は、自分で思っていた以上に、かけがえのない大きな何かになってしまっていたのだと、こうなって初めて気づいた感じです。〉

CHERRY BOY

97

澄子さんとキス……

強引にキスをされる夢をみて目がさめた。相手は澄子さん……佐田野慎さんの奥さんだ。僕はどうしてこんなに気が多いんだろう。不来方の空の歌集大賞に応募する歌を、佐田野さんに見てもらおうと思いながら寝たから、そんな夢をみたのか。
笹伊藤冬井歌集を読んでから、僕は今までとちがうタイプの歌もつくるようになった。昨夜仕上げた連作『アイ・シンク・ソウ』。

アイシンクそうだそうだとうなずいて人類以外に笑うおさんぽ

死んだ夜　忘れない昼　笑う今朝　どんなわたしもあなたが好きだ

欲しいけど彼と彼女は抱き合わせ新発売のオモチャみたいに

水たまり踏めない猫の子のようにまわる日傘を遠く見ている

その夢が過ぎ去るよりも高速で走るサンタか泥棒になれ
靴音で笑いあえたらなって　蹴る　くつくつくつ石畳どきどき
笑い声ふるり　みてみて波紋波紋　この人がきに雨みたい降る
ひとりでに逆巻く髪をほっといて　もっと世界を好きになりたい
木造のカフェでゼラチン質をとる　いちにちぶんのなみだのように
ぼく　きょうも　ぼくのかたちになるように　ゆめのなかでもがんばっている
ひとりでも狭いぐらいのお風呂場で浮かぶオモチャを沈ませている
おわかれの言葉を持って本を繰る繰る繰る君は来ないんだろう
この街の全ての本へ　この街を選んだ君へ　この街を出る

僕はまたひとりでいます　君の歌　好きだったけど今も好きです

出会えたらつめつめ立てて確かめて　夢じゃない泣き顔じゃない頬

僕自身でもあり、どこかのだれかでもある主人公。街のあちこちにひとりで立っている、たくさんの人の気持ちが僕の中でせめぎ合い、いろんな歌が生まれる。

伊賀さんに見せたら、怒られるかもしれないな。でも、僕はいつかは伊賀寛介を超えなくちゃならない。そうすることが伊賀さんや舞子先輩や、瞳さん……僕が出会ったすべての人に、本当の意味で恩返しすることにつながるんだと信じている。

歌集名は『童貞』にしようか、『チェリー』にしようか、迷い中。

佐田野さんに、相談だ。

PLAYBOY 98

瞳の詞《ことば》書《がき》……

〈だけど、だからといって自分に短歌の才能があるとは、確信することもできずにいます。伊賀さんが昔ほめてくれた、わたしのこんな歌を覚えていますか。

ひとりでは育てきれない恋なのでちゃんと自分で堕ろすつもりです

午前5時恋と一緒に葬って　わたしたちもう生まれたくない

もう恋ができないようにした猫と暮らしています　元気でいます

歌集を編もうと思って、詞書を考えていたら、それがどんどん長い文章になっていって、わたしはほんとうは長い散文を書きたいのかもしれないと気づきました。

そろそろ伊賀さんのお手元にも見本が届くはずですが、今度上梓することになった『垂乳根』というわたしの小説は、そんなふうに短歌の詞書のつもりで書いたものなんです。

ある小説新人賞に別の題名で応募して、最終選考で落ちてしまったのですが、編集部の方が声をかけてくださって、加筆を経て本になりました。

章ごとに出てくるサブタイトルが短歌になっています。読者はそれが短歌だなんて気づかないかもしれないけれど、わたしの中ではこの本は「佐々木瞳第一歌集」なんですよ。

伊賀さんには読んでほしいような、読んでほしくないような、まさに「複雑な気持ち」。駆け出しのAV監督と恋愛して、自らAV女優の仕事も経験してしまうヒロインが、作者とイコールであると捉えられても仕方ない。それは覚悟の上で世に問うことにしました。

新人賞応募時には別の筆名をつかっていたのですが、やはり本名でデビューしたくて、迷いに迷ったあげくの「佐々木瞳」名義です。

伊賀さんの知らないわたしが、ここには描かれていると思います。五百田案山子先生や、「ばれん」の仲間……国友くんなんかには、どう読まれるでしょう。

短歌に関する情報は思いきって割愛してしまったから、下世話な興味で消費される本かもわからないけれど、わたしがこれから胸をはって生きていくには、書くしかないと思った。

書くことで落ちこんだなら書くことで立ちなおるしかないんじゃないか?

という伊賀さんの歌には何度も励まされました。名歌ですね……。

思いのほか長いメールになってしまいました。こうやって弁解したくなるということは、やっぱり心のどこかで後悔しているからかな。

でもきっと、わたしのこれからの歩み次第ですね。作品が自分を殺すか、生かすかは。

そうだ。全然関係ないんですけど、国友くんって妹さんがいるんですよね？　もしや名前は「わかめ」さん？

ご存じのようにわたし、ＢＬコミックの同人誌を読むのが趣味なんですが、和歌芽という同人作家が今この世界で大人気で……。和歌芽の漫画に出てくる男の子って国友くんにそっくりな気がして、前々から気になっていたの。

伊賀さんに似たメガネ男も出てくるんです。同人誌だから書店では売ってないけど、もしもご興味があれば今度お送りしますよ。それでは、また。佐々木瞳〉

CHERRY BOY 99

いつか……

花中葬　今は悲しいまま進み　いつか追い抜くつもりの二十歳

——国友克夫第一歌集『チェリー』より

PLAYBOY 100

だいじょうぶ……

だいじょうぶ　急ぐ旅ではないのだし　急いでないし　旅でもないし

——伊賀寛介第二歌集『東京がどんな街かいつかだれかに訊かれることがあったら、夏になると毎週末かならずどこかの水辺で花火大会のある街だと答えよう』より

（ひさかたの第五章　終——『ショートソング』完）

本書は文庫オリジナル作品です。
左記サイト連載の「短歌なふたり」（全一〇〇話）を改題しました。
加筆修正してあります。

「ケータイ livedoor」（http://mobile.livedoor.com/novel/）
二〇〇五年十二月二十六日〜二〇〇六年二月八日

「集英社ケータイ雑誌 the どくしょ」（http://the-dokusho.shueisha.co.jp/）
二〇〇六年五月一日〜八月二十四日

企画……カフェ・ブーム（佐々木あららと枡野浩一）
執筆協力……佐々木あらら

本作はフィクションですが、短歌は皆、実在する歌人の作品をお借りしています。

それぞれの短歌の、本当の作者は、巻末の「引用短歌」リストでご確認ください。

本作には、実在する店の名前が小説の舞台として登場している箇所がありますが、エピソードのひとつひとつは創作であり、実在の店とはまったく関係ありません。


ライブドア携帯サイトでの連載開始を後押ししてくださった作家の内藤みかさん、集英社携帯サイトでの連載を牽引し本にまとめてくださった集英社の伊藤亮さん、歌を寄稿してくださった宮藤官九郎さんはもちろん、本書に関わってくださったすべての方々、そして読者の皆さんに、心より感謝し陳謝します。（著者しるす）

吉祥寺　石を投げれば童貞か、枡野か宮藤　楳図《うめず》に当たる

解説短歌　宮藤官九郎

「知ってる街の知ってるお店で繰り広げられる知らない若者の甘酸っぱいお話。
なんか他人事とは思えずジリジリしちゃいました。
吉祥寺の見慣れた風景が違って見えます。
ありがとう枡野さん。
あと10若かったら追体験したいなあ、したいです」

『ショートソング』引用短歌

※作者名のあとにあるマークはその作品の出典を表しています。

★印は、「枡野浩一のかんたん短歌blog」http://masuno-tanka.cocolog-nifty.com/ 入選作より。
☆印は、枡野浩一編『かなしーおもちゃ』(インフォバーン、二〇〇五)より。
○印は、枡野浩一『ハッピーロンリーウォーリーソング』(角川文庫、二〇〇一)より。
●印は、枡野浩一『57577 Go city, go city, city!』(角川文庫、二〇〇三)より。
♠印は、枡野浩一『日本ゴロン』(毎日新聞社、二〇〇二)より。
♦印は、枡野浩一『かんたん短歌の作り方』(筑摩書房、二〇〇〇)より。
♥印は、佐藤真由美『プライベート』(集英社文庫、二〇〇五)より。
♣印は、「S.P.splendeD」二〇〇二年二月号掲載作より。
△印は、『金紙&銀紙の 似ているだけじゃダメかしら?』(リトルモア、二〇〇六)より。
◎印は、枡野浩一の単行本未収録作品より。
◎1「ダ・ヴィンチ」(メディアファクトリー)二〇〇一年三月号
◎2「ほぼ日刊イトイ新聞」(http://www.1101.com/51_live/masno01.html)
◎3『るるぶ　ふたりでおでかけ関西'05』(JTBパブリッシング)

それなりに心苦しい　君からの電話をとらず変える体位は　（佐々木あらら）☆
顔面の筋肉だけで笑うのは　マジ怖いのでやめてください　（篠田算）☆
嬉し泣きしている人の泣き顔は　笑顔と言って良いと思った　（篠田算）☆
新宿の手相を見ている人たちは昼間笑っているのだろうか？　（篠田算）☆
向こうから歩いてきてる人たちの笑顔のわけが良くわからない　（篠田算）☆
焼きたてのパンを5月の日だまりの中で食べてるようなほほえみ　（篠田算）☆
無理してる自分の無理も自分だと思う自分も無理する自分　（枡野浩一）○
だれからも愛されないということの自由気ままを誇りつつ咲け　（枡野浩一）○
こんなにもふざけたきょうがある以上どんなあすでもありうるだろう　（枡野浩一）○
ミラクルで奇跡みたいなミラクルで奇跡みたいな恋だったのに　（野良ゆうき）☆
一人きりサーティワンの横で泣き　ふるさとにする吉祥寺駅　（木村比呂）☆
庭先でゆっくり死んでゆくシロがちょっと笑った夏休みです　（佐々木あらら）☆
土砂降りの夜のメールでとんでいく　僕という字は下僕の僕だ　（佐々木あらら）

――「カタロガー」（インフォバーン）二〇〇五年十一月号

馬鹿中の馬鹿に向かって馬鹿馬鹿と怒った俺は馬鹿以下の馬鹿　（枡野浩一）●
神様はいると思うよ　冗談が好きなモテないやつだろうけど　（枡野浩一）○
強姦をする側にいて立っている自分をいかに否定しようか　（枡野浩一）●

気づくとは傷つくことだ　刺青のごとく言葉を胸に刻んで（枡野浩一）○
政治家になる人たちは政治家をめざしてしまうような人たち（枡野浩一）
政治家は大なり小なり政治家になろうと思うような性格（枡野浩一）●
痛いのを我慢できない友人が死んでしまった　セデス百錠（佐藤真由美）♠
百錠は飲み過ぎだった　痛いのを我慢できないあなたにしても（佐藤真由美）♥
何もないところで転んだ時とかは何を恨めばいいのでしょうか（柳澤真実）◆
手についた犬の匂いをいつまでも嗅いで眠りたいそんな雨です（柳澤真実）◆
治りかけの傷のかゆみでまた君に懲りずに逢いに行きそうになる（柳澤真実）◆
裏道の残雪わざと踏みつけて痛みを拡散させてる帰り（柳澤真実）◆
してもないピアス確かめてばかりいる　今日で君には逢えない気がする（柳澤真実）◆
遠くから手を振ったんだ笑ったんだ　涙に色がなくてよかった（柳澤真実）◆
階段をおりる自分をうしろから突き飛ばしたくなり立ちどまる（枡野浩一）○
先っぽをしゃぶってもらう時にだけ愛されてると実感できた（枡野浩一）◎1
しゃぶるのをやめては僕がどんな顔しているのかを確かめる君（枡野浩一）○
辞書をひきバレンタインが破廉恥の隣にあると気づいている日（枡野浩一）●
チョコレート！　きみも一緒に聞いてくれ「好きだ」以上の言葉を探せ（梅本直志）♣
最悪のバレンタインだ　もし君が俺に笑ってくれなければ（長瀬大）♣

かわききるくちのなかまでしみとおるゆうきさえないのがプレゼント　（かみやひろし）♣
毎日がバレンタインであったなら「イエス」「ノー」だけ言えばいいけど　（仲間大輔）♣
ふれあったところがとけてどこまでが君か僕かがなくなればいい　（杉山理紀）♣
恋人はいてもいなくてもいいけれどあなたはここにいたほうがいい　（is）♣
最後までいかずに眠る僕たちのつながっている部品いくつか　（枡野浩一）♣
さわるべきところではなくさわりたいところばかりをさわってしまう　（枡野浩一）◎2
ついてないわけじゃなくってラッキーなことが特別起こらないだけ　（枡野浩一）○
ゴディバよりチロルが美味いという人と舌をからませ悔やんでません　（沼尻つた子）★
チョコくれる奇特な方と連れ立って　小春の頃に戻れないかな　（宇津つよし）★
甘ったれた恋なんてもう夢みない　カカオ100％の決心　（後藤グミ）★
もしうまくいってもだめだったとしても2月なんてまだ新しい年　（緒川景子）★
勝たされただけの気もするけどいいの　ちよこれいとであなたにとどく　（平賀谷友里）★
裏切りの気分でわたすチョコレート　友達なんて思ったことない　（英田柚有子）★
「チョコなんか嫌いだからな」言われても言われなくてもあげませんけど　（大木凛）★
チョコレート　持ち帰れないあなたから別れのコトバ言うべきでしょう？　（麦ちよこ）★
いくつもの渡せなかったチョコなどを食べて私は大きくなった　（二代歩）★
振り上げた握りこぶしはグーのまま振り上げておけ相手はパーだ　（枡野浩一）○

真夜中の電話に出ると「もうぼくをさがさないで」とウォーリーの声　(枡野浩一)○
「ライターになる方法をおしえて」と訊くような子はなれないでしょう　(枡野浩一)●
指圧師は咳をしつづけ右脚の痛みほぐれていく午前二時　(枡野浩一)△
かまくらやみほとけなれど釈迦牟尼は美男におはす夏木立かな　(与謝野晶子)――鎌倉大仏歌碑より
かまくらや仏なれども大仏は美男におはす夏木立かな　(与謝野晶子)
――『鎌倉の文学　小事典』(かまくら春秋社)より
好きだった雨、雨だったあのころの日々、あのころの日々だった君　(枡野浩一)●
手荷物の重みを命綱にして通過電車を見送っている　(枡野浩一)●
「複雑な気持ち」だなんてシンプルで陳腐でいいね　気持ちがいいね　(枡野浩一)○
あきらめた夢のひとつもある方が誰かに優しくなれる気がする　(柳澤真実)◆
今すぐにキャラメルコーン買ってきて　そうじゃなければ妻と別れて　(佐藤真由美)♥
旅行から帰ってくると部屋中が出かける前とおんなじだった　(志井一)★
最初から入っている愛の切れ目を歌手は拡大して歌うのだ　(笹井宏之)★
それはもう「またね」も聞こえないくらい雨降ってます　ドア閉まります　(笹井宏之)★
すじすじのうちわの狭い部分からのぞいた愛という愛ぜんぶ　(笹井宏之)★
目的地までのあいだに街があり夜がありでもおまえがいない　(山口緑)★
この人のいびきまでもが愛しくて思わず眉をはむはむしちゃう　(貴志えり)★

不来方のお城の草に寝ころびて
空に吸はれし
十五の心　（石川啄木）――『一握の砂』（新潮文庫）より

なんだっていいから自信が持ちたくて毛糸洗いをアクロンでする　（仁尾智）★
遅刻へと走る満員電車にてバンドエイドを中指に巻く　（枡野浩一）●
葬式は生きるわれらのためにやる　君を片づけ生きていくため　（枡野浩一）●
最後まで汚い嘘をつき続け　きっとこの人あやまるつもり　（若崎しおり）★
謝られ　もうよしとする　許さなくたって生きてく人なのだから　（宮田ふゆこ）★
巻き戻しボタンをいじって何回も君をいかせてしまってごめん　（志井一）★
井村屋のあんまん食べる　本当のさよならなんてしたことないの　（駿河さく）★
そんな骨なんで大事に持ってるの　言われて気づくまで気づかない　（伊勢谷小枝子）★
なつかしい夢しか好きなものがない　あなたもはやくなつかしくなれ　（伊勢谷小枝子）★
これからもきっといろいろあるけれどいつかなつかしいんなら愛だ　（平賀谷友里）★
さっきからずっと出ている虹だからまだ見てるのは私だけかも　（篠田算）★
虹を見た　もっと見ようと思ったら消えていたけど二人で見てた　（枡野浩一）◎3
こんなにもかわいい恋の命日をいつかあたしは忘れちゃうんだ　（板倉知子）★

宇都宮敦／連作『東京がどんな街かいつかだれかに訊かれることがあったら、夏になると毎週末かならずどこかの水辺で花火大会のある街だと答えよう』　※題名も宇都宮敦

ひらかないほうのとびらにもたれれば僕らはいつでも移動の途中　（宇都宮敦）★
坂の多い街に生まれ育った　で　君の生い立ち話はおわる　（宇都宮敦）★
ブラひもがみえることとか　そのひもがみせるためのであることとか　（宇都宮敦）★
ゼビウスのテーマが車両に響いてる　地下鉄はいま地上に出てく　（宇都宮敦）★
あっ10円　地面のそれはつぶされてひしゃげた学生服のボタンで　（宇都宮敦）★
わたしクラスで最初にピアスあけたんだ　君の昔話にゆれる野あざみ　（宇都宮敦）★
バス停の屋根から草がはえていた　バス停からははえてなかった　（宇都宮敦）★
ポケットのたくさんついた服が好きでしょ　って勝手に決めつけられる　（宇都宮敦）★
夕立に子供がはしゃぐ　世界とは呼べないなにかが輝いている　（宇都宮敦）★
明るすぎてみえないものが多すぎる　たとえば　いいや　やっぱやめとく　（宇都宮敦）★
Tシャツの裾をつかまれどこまでも夏の夜ってあまくて白い　（宇都宮敦）★
雷？　いやおそらく花火　去年の春いっしょにあるいたあの川あたり　（宇都宮敦）★
君は僕のとなりで僕に関係ないことで泣く　いいにおいをさせて　（宇都宮敦）★

いつまでもおぼえていよう　君にゆで玉子の殻をむいてもらった　（宇都宮敦）★
遠くまで行く必要はなくなった　遠くに行ける　そんな気がした　（宇都宮敦）★
掃除機の音で起きてもごきげんな一年ぶりの誕生日です　（笹本奈緒）★
自分では思いつかない事だからあなたが産んでくれてよかった　（志井一）★
きみをみて一部元気になったのでプールサイドで三角すわり　（犬飼信吾）★
やんなくちゃなんないときはやんなくちゃなんないことをさあやんなくちゃ　（枡野浩一）●

木村比呂／連作『アイ・シンク・ソウ』　※題名も木村比呂
アイシンクそうだそうだとうなずいて人類以外に笑うおさんぽ　（木村比呂）☆
死んだ夜　忘れない昼　笑う今朝　どんなわたしもあなたが好きだ　（木村比呂）☆
欲しいけど彼と彼女は抱き合わせ新発売のオモチャみたいに　（木村比呂）
水たまり踏めない猫の子のようにまわる日傘を遠く見ている　（木村比呂）★
その夢が過ぎ去るよりも高速で走るサンタか泥棒になれ　（木村比呂）★
靴音で笑いあえたらなって　蹴る　くつくつくつ石畳どきどき　（木村比呂）☆
笑い声ふるり　みてみて波紋波紋　この人がきに雨みたい降る　（木村比呂）☆

ひとりでに逆巻く髪をほっといて　もっと世界を好きになりたい　（木村比呂）☆
木造のカフェでゼラチン質をとる　いちにちぶんのなみだのように　（木村比呂）
ぼく　きょうも　ぼくのかたちになるように　ゆめのなかでもがんばっている　（木村比呂）★
ひとりでも狭いぐらいのお風呂場で浮かぶオモチャを沈ませている　（木村比呂）★
おわかれの言葉を持って本を繰る繰る繰る君は来ないんだろう　（木村比呂）★
この街の全ての本へ　この街を選んだ君へ　この街を出る　（木村比呂）★
僕はまたひとりでいます　君の歌　好きだったけど今も好きです　（木村比呂）☆
出会えたらつめつめ立てて確かめて　夢じゃない泣き顔じゃない頬　（木村比呂）
ひとりでは育てきれない恋なのでちゃんと自分で堕ろすつもりです　（平賀谷友里）☆
午前5時恋と一緒に葬って　わたしたちもう生まれたくない　（英田柚有子）☆
もう恋ができないようにした猫と暮らしています　元気でいます　（英田柚有子）☆
書くことで落ちこんだなら書くことで立ちなおるしかないんじゃないか？　（枡野浩一）●
花中葬　今は悲しいまま進み　いつか追い抜くつもりの二十歳　（木村比呂）☆
だいじょうぶ　急ぐ旅ではないのだし　急いでないし　旅でもないし　（宇都宮敦）★

集英社文庫

ショートソング

2006年11月25日　第1刷

定価はカバーに表示してあります。

著者　枡《ます》野《の》浩《こう》一《いち》

発行者　加藤潤

発行所　株式会社　集英社
東京都千代田区一ツ橋2—5—10
〒101-8050
(3230) 6095（編　集）
電話　03 (3230) 6393（販　売）
(3230) 6080（読者係）

印刷　凸版印刷株式会社
製本　凸版印刷株式会社

Printed in Japan

ISBN4-08-746097-5 C0193